ぼくたちはこの国をこんなふうに愛することに決めた

高橋源一郎
Takahashi Genichiro

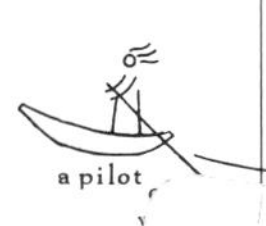

目次

プロローグ

　このおはなしは、たぶん、「あの日」からはじまったんだと思う。いや、ほんとうは、もっとずっと前にはじまっていたのかもしれない。でも、そうだとしても、ぼくにはわからない。「あの日」になにがあったのか、じつは、ぼくも知らないんだ。ハラさんもババちゃんも知らないのに、ぼくが知ってるわけがないよね。「それ」を目撃したのは、ずっと前に学校を卒業した子どもたちで、その子どもたちのおはなしが「伝説」として、学校の中で語り伝えられてきたんだ。

　その日は晴れだった。なにか、いいことが起こりそうな日だった。そんなふうに、「それ」を目撃した子どものひとりはいっていたみたいだ。

　ぼくたちの学校には中学生用の山麓寮と小学生高学年用の山脈寮と小学生低学年用の雪うさぎ寮がある。「それ」が起こったのは、山麓寮だった。

　山麓寮の二階には図書室がある。そこで、子どもたちは思い思いに本を読む。

　本は、図書室にだけじゃなく、じつは学校中に置いてある。廊下にも、階段にも、トイレにも本棚がある。ハラさんが、読みたいなと思ったときいつでも読めるように、あらゆるところに本棚をつくったんだ。

いや、本というものは、「ぼくを読んで！」という光線をだしているので、その光線を、いつもぼくたちに浴びさせるために、あらゆるところに本棚をつくった、ともいわれている。

だから、学校を見学にきたひとがびっくりするのは、ぼくたちが本を読んでいるところだ。廊下に寝ころがって読む。階段に腰かけて読む。トイレでウンチしながら読む。ぼくたちは、どこでも好きなところで、好きなかっこうで本を読む。

その日も、子どもたちは、本を読んでいた。二階の図書室で。すると、三階のドアが開く音がきこえたんだ。図書室にいた子どもたちは、みんなびっくりした。ぼくだって、びっくりするよ。

だって、山麓寮に三階なんてないんだからね！

もちろん、確かめてみたことはあるよ。外にでて、山麓寮をみると、二階建てにしかみえない。ハラさんにきいたら、「二階建てだよ」といわれたし。じゃあ、どうして、図書室の隅に、三階へつづく階段があるんだろう。

子どもたちはみんな、一度は、その階段を上がってみる。突き当たりにはドアがあって、いつも鍵がかかっている。いつも、だ。

そういうわけで、ドアが開く音がきこえたときには、図書室にいた子どもたちは、ほんとうにびっくりしたと思うね。

みんなは、じっと階段をみていた。

そしたら、足がみえた。次に胴体。最後に顔が。それは、歳をとった外国の男のひとだった。

その男のひとは、階段を降りて図書室にくると、びっくりしている子どもたちに、こういったんだ。

「グーテンモルゲン。これは、ドイツ語でおはよう、っていう意味です。わたしのことは、肝太先生、って呼んでくれればいいです。じゃあ、はじめましょうか」

子どもたちは、なにが起こったのかわからなくてぼんやりしていた。でも、すぐに、もうひとり、同じように歳をとった外国の男のひとがいることに気づいた。

なんてことだ！　外国人のコンビじゃないか！

「ボンジュール。これは、フランス語で、おはよう、という意味と、こんにちは、という意味がある。便利なことばだよね。わたしのことは、理想先生でいいよ。で、肝太先生からはじめるかい？　それとも、わたしから？」

そういうわけで、子どものひとりは、あわてて、ハラさんのところに走っていった。そして、「ハラさんの部屋」に飛びこむと、こういったんだ。

「ハラさん！　たいへんだよ！　知らない外国の男のひとが、山麓寮の、ないはずの三階から降りてきたんだ。『開かずのドア』を開けてね！　それでもって、『はじめよう』とか、おかしなことをいってるんだけど。どうしたらいいかな？」

でも、ハラさんは、それどころじゃなかった。いつものように、イギリスのお友だちと、携帯電話ではなしている最中だったんだ。

「ちょっと待って。いま、とりこみ中なんだ。とりあえず、はじめてもらっておけばいいんじゃないかな。じゃあ、あとで」

だから、肝太先生と理想先生は、山麓寮の図書室でなにかをはじめることになったたってわけ。

ああ、でも、もう一つ別のおはなしもあるんだ。肝太先生と理想先生の名前に関してはね。肝太先生と理想先生は、じつは、最初にこういったんだって。

「グーテンモルゲン。これは、ドイツ語でおはよう、っていう意味です。わたしのことは、カンタ先生、って呼んでくれればいいです。ところで、カンタ、って漢字でどう書くの？」

「えっと……えっと……『肝臓』の『肝』に『太』かな？」

「ダンケ・シェーン。じゃあ、はじめましょうか」

「ボンジュール。これは、フランス語で、おはよう、という意味と、こんにちは、という意味がある。便利なことばだよね。わたしのことは、リソウ先生でいいよ。ところで、リソウ、って漢字でどう書くの？」

「えっと……えっと……『理科』の『理』に『想像』の『想』かな？」

「メルシ・ボクー。で、肝太先生からはじめるかい？　それとも、わたしから？」

だから、ぼくたちの学校の「おとな」の中で、肝太先生と理想先生だけが漢字の名前で呼ばれてるんだって。

そうそう。ほんとうは「カンタ」や「リソウ」じゃなかったって噂もあるんだよ。子どもたちがあわてていて、きき違いをしたんだって。でも、もうほんとうのことはわからないんだけどね。

活動日記

1・いろんなことを最初に書かなきゃならない

いろんなことを最初に書かなきゃならない。アッちゃんが、そういうんだから、たぶん正しいんじゃないかな。アッちゃんは、マジ、頭がいい。あっ「マジ」はやめておくね。もっと、「きちんと」書かなきゃならない。

ぼくたちは、夏休みに「くに」をつくることになった。いいだしたのは、ユウジシャチョーだ。ユウジシャチョーは「マインクラフト」が大好きだ。知ってるよね？「マインクラフト」はゲームで、簡単にいうと、世界をつくってゆくゲームなんだ。どんどん画面の中で世界が広がってゆく。森ができ、建物ができ、高い塔だってできる。なんでもできる。そこでは、おかしな、四角いバケモノが歩いている。変な冗談をいうやつもいる。でも、よく考えたら、それはゲームの中のことなんだけどね。ぜんぶ。

「くにをつくるっていうのはどう？」ってユウジシャチョーはいった。

「『くに』？『くに』っていった？　それとも、ぼくのききちがえで、『にく』？」っていったのは、リョウマだった。

リョウマは太っていて、たべるのが好きで、中でも、にくが大好きだから、「にく」ってきこえたのかもしれない。

「まあ、『にく』でも『くに』でも、どっちでもいいんだけど」ってユウジシャチョーはまたいった。

ぼくたちは、いろんなものをつくる。サイエンをつくって、キュウリやダイコンをつくる。キュウリのつくり方を知りたかったら、ぼくたちにきいてほしい。いちばんたいせつなのは、午後三時過ぎの日光にあてることなんだ。ずっとキュウリを育てて、ぼくたちは、やつらがなにを考えているのかわかるようになったんだ。

そのはなしを、家に戻って、近くに住んでいるユータくんにした。ユータくんは、ぼくが公立の小学校にいっていた頃の友だちだ。

「それって、成績と関係ある？」ユータくんはいった。

「成績って？」

「だから、そのキュウリを育てるには午後三時過ぎの日光をあてるのがいい、ってことは、なんの役に立つのかな？　宿題なの？」

キュウリを育てるのは、宿題でもないし、成績にも関係ない。ぼくたちの学校では、宿題はでないし、成績もつけないからだ。

じゃあ、どうして、キュウリを育てるんだろう。あと、ウコッケイを卵から育てるとか。その他もろもろ。わからない。なにか理由があるんだと思う。あとで、ババちゃんかハラさんにきいておこう。

それから、レストランもつくった。すごく「本格的」なやつだ。

そこでは、保健所の許可をとって、カレーなんかもだしている。お客さんもくるんだ。これは、「プロジェクト」でつくった。いま、アッちゃんやユウジシャチョーやリョウマたちの「チーム」でつくっているのとはちがう。もっとたくさんの「子ども」たちでつくるやつ。とにかく、ぼくたちは、なんでもつくる。子どもたちで相談して。それが、ぼくたちの学校のやり方だ。

わかってもらえたかな。

「よくわかんない」ユータくんはそういった。それから、「ぼく、もう、塾にいかなきゃ」といって、門の内から家の中に戻っていった。ぼくとユータくんは、ユータくんの家の前で偶然会って、はなしていたんだ。

「くに」か。なんだかおもしろい。そんな気がする。

そして、ぼくたちは、まず、ババちゃんのところへいった。それが、決まりだ。ババちゃんは、ぼくたちのプロジェクトを担当している「おとな」なんだ。

「ババちゃん」

「なに？」

「夏休みにつくるもののことなんだけど」

「決まったの？」

「うん」

「なにをつくるの？」

「『くに』をつくる」

「『くに』？　『くに』って、『日本のくに』とか、そういうやつのこと？」

「アッちゃん！　それでいいんだよね？」

「いいんだよ、それで」

「そういうことです」

「ああ、いいんじゃないか。確か、うちの学校で『くに』をつくったチームはなかったと思うな。ああ、忙しい、忙しい……またね」

それだけいうと、ババちゃんは、どこかへいってしまった。ババちゃんは、いつも忙しそうだ。

それから、ぼくたちは、園長のハラさんのところへもいった。ハラさんを探すなら、まず、校庭にいかなきゃならない。というのも、ぼくたちの学校には「園長室」がないからだ。学校をつくるとき、ハラさんが「いらない」といったんだ。

「どこかへ机を一つ置いてください。それでいいです。余分な部屋があったら、物置にしてください」

職員室には机が入る場所がなかったので、ハラさんの机は、最初、受け付けに置かれた。園長先生が、受け付けでニコニコしているのは、なかなか楽しかった。でも、困るときもあった。

「すいません」

「なんですか？」

「取材にきたのですが、園長のハラ先生はいらっしゃるでしょうか」

「はい、わたしです」

「ええええええっ！」

どうやら、受け付けに園長先生がいると混乱するひとがいるらしかった。ぼくは、便利だと思うんだけど。

なので、その次には、ハラさんの机は、体育館の用具室の中に移動することになった。ハラさんも喜んだ。

「疲れたときには、マットで眠れるからいいね」といった。

でも、子どもたちから、文句がでたんだ。

それは、最初の頃の「全体集会」で、その頃には、ぼくはまだ、この学校の生徒じゃなかった。だから、これから書くのは、ぜんぶきいたはなし。

「なにか、提案はありますか？」議長の女の子がいった。

すると、小学三年生の、髪をお下げにした女の子が悲しそうにいった。

「ハラさんのことで困っています」

すると、座っているみんなのいちばんうしろで考えごとをしていたハラさんがびっくりしたようにいった。

「えっ、ぼくのことで？　ぼく、なにかしたかなあ」

「ハラさんがヨウグシツにいると、トビバコをだすとき、困ります。ハラさんの椅子が入り口の近くにあるので、だしにくいです」

「それだけじゃないです」別の四年生の男の子がいった。

「ハラさんはときどきマットで寝てるんです。なので、マットをだしていいのかどうかわからなくなっちゃう」

「いや、そういうときは、起こしてくれればいいんだけど」ハラさんは頭をかきながらいった。

「でも、ハラさんはグッスリ寝ていて、おかあさんが、ハラさんは疲れてるんだし、お年寄りだから、寝かせておきなさいって」

「うーん」ハラさんはさらに激しく頭をかきながらいった。

「ハラさん、もっと討論します？」議長の女の子がハラさんに向かっていった。

「いや、いいよ。ハラさんは机を移動します」ハラさんはそういった。

そういうわけで、ハラさんは机を一階の廊下の真ん中に置くことにした。そこなら、安心して眠りこむこともないし、子どもたちを一日中みていることもできるからだ。子どもたちをみているのが、ハラさんは大好きなんだ。

でも、また、子どもたちが文句をいうことになった。

「ハラさんが、廊下の真ん中にいるから、思い切り走れない！」

で、どうなったかというと、「伝説の七人」が、ハラさんのために部屋をつくってあげることにしたんだ。「伝説の七人」は、順番に、マサシ、セイジ、ガッちゃん、クニミちゃん、ランコ、ケイスケ、オカワリ。どうして、そんな名前になったのか、ぼくは知らないけど。

マサシが「ハラさん、ぼくたちが、ハラさんに部屋をつくったげる」といったんだって。マサシたち「伝説の七人」は、校庭の隅にあった二本のケヤキの樹を利用して、そこに、ハラさんのために、部屋をつくった。ケヤキを、そのまま柱にして、そこらにあったベニヤ板に釘を打ったり、段ボールをそれに貼りつけたり、ビニール袋をあちこちの穴に詰めこんだりした。そのほかにもいろんなことをした。セイジという子はマサシに「マサシ、コンクリの『きそ』はやんないの？」とたずねたらしい。すると、マサシは「こんな根っこの間にコンクリの『きそ』なんかできるかい」といった。

「床は?」

「いらないよ。ハラさんには靴のままでいてもらおう」

「窓は?」

「いらないよ。一面まるまる壁なしでつくればいいんだよ」

そして、「ハラさんの部屋」は一晩でつくられた。ふつうの学校なら怒られちゃうよね。だって、夜中に寝ないでつくったんだから。

「トヨトミヒデヨシは係長ぐらいのときに、社長の命令で、城を一晩でつくったっていうからね」とマサシはいった。

それ以来、ハラさんは校庭にある「ハラさんの部屋」にいる。そこが「園長室」だ。そして、二本のケヤキの間には、ハンモックがつってあって、ハラさんはよく、そこで寝ている。ハンモックからは、たくさんの人形がつり下げられている。プリキュアとか。それから、「部屋」の入り口には、ハローキティのカーテンがかかっている。っていうのも、内装を担当したのは、女の子たちで、「ハラさんの部屋」に入ると、まるで、ピンクの霞がかかっているみたいなんだ。でも、ハラさんは「可愛いねえ」といって、喜んでくれたんだって。

ハラさんは英語を教えている。だから、授業の時間になると、子どものだれかが、ハラさんを呼びにいく。すると、ハラさんはたいてい、ハンモックの上で、ピンクの雲に囲まれて寝ているか、携帯を握って、はなしをしている。

「ハラさん、入っていい？」とぼくはいった。

「ちょっと待って」ハラさんはいって、携帯を耳から離した。ハンモックが微かに揺れている。

「……………」

ハラさんが携帯電話に向かってなにかいった。英語だ。それだけはわかった。なにをしゃべっているかはわからない。「アイムソーリー」とか。そんな感じ。

「なんだい？」ハラさんはいった。

「はて、英語の授業なのかい？」

「ちがうよ」ぼくはいった。

「夏休みにチームでつくるもののこと。ぼくたち、『くに』をつくることにしたんだけど、それ、いいかな？」

「『くに』か。『くに』ねえ。それ、どんな『くに』なの？」

「えっと、童話とか、ジブリの映画にでてくるような、子どもっぽい『くに』じゃないよ。ぼくたちはもう、そういうことを夢想する歳じゃないからね。なので、リアルな『くに』をつくることにしたわけ」

「そりゃ、いい。学校で『くに』をつくったチームはまだないんじゃないですか」

ハラさんは、ババちゃんと同じようなことをいった。

「あっ！」ぼくはいった。

「なに」ハラさんがいった。

「ハラさん、その携帯、切ってないんじゃないの？」

「あっ！」

そういうと、ハラさんは、もう一度、携帯に向かって、なんかいった。「ネクストタイム」とか。「シーユー」とか。そして、携帯をオフにした。

「ハラさん」

「なに？」

「いつもの『イギリスのお友だち』？」

「そうだよ」

ハラさんは「イギリスのお友だち」っていうひとに悩まされてるらしい。じつは、イギリスには、ぼくたちの学校の「姉妹校」がある。ぼくたちの学校みたいに、宿題もないし、成績もつけない。夏休みになると、ぼくたちの学校から、修学旅行にいく。お返しに、向こうの学校から、ぼくたちの学校に修学旅行にくる、ってわけ。

「イギリスのお友だち」は、その「姉妹校」の「おとな」のだれかなんじゃないかと思う。でも、ハラさんは、いつも困ってるみたいだ。

「また、『お友だち』から電話だよ！　ぼくのことを、どれだけ暇だと思ってるんだろう！」

　でも、文句をいいながら、ハラさんはその「お友だち」と電話をするのが楽しいみたいにもみえる。

「で、なんだっけ、ランちゃん」とハラさんはいった。

「『くに』をつくるってことだよ」ぼくはいった。

「やっていい？」

「いいに決まってるでしょう！　でも、『くに』って、つくれるのかな、ランちゃん」

「うん、アッちゃんが、大丈夫、だれでもつくれる、っていってる」

「アッちゃんが大丈夫っていってるなら、きっと、大丈夫なんだね。よし、頑張って、つくってきて。できたら、ハラさんに教えてね」

「わかった」

　そうやって、ぼくたちは「くに」をつくることになったんだ。

2・「くに」ってつくれるんだ

「『くに』ってつくれるんだ」ぼくはいった。

「つくれるよ。だれでも」アッちゃんはあっさりいった。

一回目の会議がはじまった。ぼく、アッちゃん、ユウジシャチョー、リョウマの四人がいる。

「最初に、『くに』をつくるための『成分』のはなしをします」アッちゃんがいった。

「『成分』！　『遺伝子組み換え大豆は使っておりません』とか？」リョウマがいった。

「うるさいな。勝手にしゃべんなよ」

アッちゃんはリョウマを睨みつけた。アッちゃんは、ときどきこわい。

「モンテヴィデオ条約というものがあります」アッちゃんはいった。それから、黒板の前に立ってチョークでなにかを書きはじめた。

「そこにはこう書かれています。これは、ぼくが要約したものです。できたら、みんなは、原文にあたってください」

第1条（「くに」であるための条件）

1・そこに住人がいること。
2・そこに場所があること。
3・そこに政府があること。
4・他の「くに」と関係をむすぶ能力があること。

「この四つがあるとき、『くに』は成立します。他に条件はありません。四つだけです。逆にいうと、この四つの条件を満たしていれば、自動的に『くに』ができるということになります。次。他の条文に移ります。全部の条文を書くのはたいへんなので、大事なところだけ書いていきます」

アッちゃんは、そういうと、さらに、別の文字を書いた。

第3条（「くに」が承認されるための条件）

「くに」は、他の「くに」によって承認されなくても、存在している。だから、いつでも自由に、その「くに」の権利を行使して、「くに」としての仕事をすればよろしい。

「これは、どういうことかというと、『くに』というものは、自分が『くに』であろうと自覚して存在した瞬間に『くに』になる、ということです。つまり、他の『くに』から認められなくても『くに』である、ということができるんです」

「知らなかった!」感心したようにユウジシャチョーがいった。でも、アッちゃんは、無視して、そのままはなしを進めた。

第7条(「くに」を承認するやり方)
「くに」を承認するときには、はっきりと「きみのところはもう『くに』と認めます」といってもいいし、ことばにしなくても態度で示すだけでもいい。

第10条(争いが起きたときに「くに」がしなくちゃならないこと)
「くに」がいちばんたいせつにしなければならないのは平和であること。だから「くに」と「くに」の間でなにか争いごとが起きたときには、必ず、みんなが認めた平和な方法で解決しなくちゃならない。

「じゃあ、なんで戦争が起こるの?」今度はリョウマが質問した。

「信頼関係がないからじゃないのかな。では、次」

「アッちゃん」

「なに?」

「速すぎるよ」

「そう？　もっと、ゆっくり書く？」

「じゃなくて、頭がごちゃごちゃして、まとまんない。ほんとに、ぼくたちは『くに』をつくれる、っていうこと？」

「そうだよ」

「だれでもつくっていいの？」

「そうだよ」

「簡単そうだね」

「簡単だよ。とりあえずは」

「じゃあ、どうして、みんな、『くに』をつくろうとしないんだろう」

「『くに』をつくる、という発想がないんじゃないの。よく知らないけど」

「それなら、わかるよ」ぼくはいった。

「ぼくたちは、いま、この『くに』のこく民だろう？　だとするなら、その『くに』は、自分の『くに』のこく民が、自分で勝手に『くに』をつくるような楽しいことをするのがイヤだから、そういうことができる、ってことを教えないようにしてるんじゃないかな」

「そうかも」アッちゃんは、あっさりいった。こういうとき、アッちゃんは、いいことというなあって思ってるんだ。やったね。

「四人しかいなくてもいいの?」今度は、ユウジシャチョーがいった。

「こく民の人数は関係ないよ」アッちゃんはいった。

「ひとりでもいいんだ」

3・最初に「こっき」をつくってみることにした

最初に「こっき」をつくってみることにした。こく民は四人でぜんぜんオーケイだって、アッちゃんはいってた。だから、そこは、クリアーできてる。でも、「くに」や「政府」の居場所、それから、「関係をむすぶ能力」とか。難しい問題が山積みだ。難しい問題ばかりやっているると、イヤになる。なので、楽しそうなことからすることにしたんだ。まずは「こっき」だ。

「『国旗』は『くに』を象徴する旗なんだ」アッちゃんはいった。

「もともとは、軍が使っていた『軍旗』がはじまりだといわれている。でも、軍事から離れて、船がどの『くに』に所属しているのかを示すものとして『商船旗』に使われるようになった。だから、まず軍隊、それから商船。それが『国旗』の使われ方だった。それからもう一つ、たいせつなことがわかった」

「なに?」

「『国旗』には三種類あるみたいなんだ。『市民旗』、『政府旗』、『軍用旗』。『政府旗』は、政府の施設であげる旗、『軍用旗』は軍の施設であげる旗、でもって、『市民旗』は、政府と関係のない一般市民があげる旗。実際には、この三つを区別しない『くに』が多いんだけど、ラテンアメリカの『くに』では区別しているところがあるんだ。『市民旗』は『政府旗』や『軍用旗』から紋章を取り除いて、簡単にしたものが多いみたい」

「アッちゃん、『市民旗』って一種類だけ？」

「そうだよ」

「『個人旗』はないの？」

「『個人旗』って？」

「だから、その『くに』のこく民がひとりずつ、もってる旗だよ」

「それは書いてなかったなあ」

「じゃあ、ダメ？」

「そんなことないんじゃないかな。『ダメ』とは書いてないからね。もしかしたら、いいアイデアなのかも」

なかなかいいぞ、ってぼくは思った。「くに」をつくる、っていっても、うまく考えられない。おもしろそうなんだけど、やったことがないからわからないし、だいたい、ぼくたちはおとなじゃない。おとなじゃない、子どもだけの「くに」をつくるのだから、ふつうじゃないやり方をしてもいいんじゃないかな。まあ、なにが「ふつう」なのかも、わからないんだけどね。で、ぼくたちは、「個人旗」をつくることにした。ぼくたちには、まだ「政府旗」はない。それから、たぶん「軍用旗」をつくることもないだろう。「政府旗」がないから、その紋章を取り除いて、簡単な「市民旗」をつくることはできないし、それでは、たぶん、「市民旗」よりも、もっとシンプルな「個人旗」だってつくれない。

「白い旗に、なにかかけばいいんじゃない?」ユウジシャチョーはいった。

「それじゃあ、なんだかさびしいなあ」リョウマがいった。

「じゃあ、『日の丸』の旗をベースにしたらいいんじゃないかな」ぼくはいった。

「この『くに』は、ぼくたちの『くに』とは、親子、っていうか、友だちみたいなもんだから」

「いいね!」珍しく、アッちゃんがほめてくれた。なんかうれしい。

ぼくたちは、まず、白い布を用意した。「日の丸」の旗をだれももってなかったからだ。学校にもないし。それから、アッちゃんのいうとおり(なんでも、アッちゃんに頼るのはよくないんだけど)、その白い布を縦・横、二対三に切った。それから、旗の中心を測って、そこから直径が縦の長さの五分の三の円をかき、それを朱色のマーカーで塗りつぶした。ぼくたちの「こっき」は、「日の丸」と同じじゃなくて、親戚みたいなものだから、ほんの少しだけ色違いにしてみたんだ。とりあえず、完成!

でも、それはまだ、ぼくたちの「こっき」じゃない。っていうか、「個人旗」じゃない。他人の旗なんだ。だいたい、「国旗」っていうほどエラい感じじゃない。「こっき」でじゅうぶんだよ。

じゃあ、いったい、この「日の丸」になにをかき加えればいいんだろう。っていうか、どうして、みんな、「日の丸」になにもかき加えないんだろう。ぼくは、昔から、そう思ってた。あの旗の白いところをみていると、だんだん、なにかかき加えたくなる。不思議な感じだ。

「アッちゃん」

「なに、ランちゃん」

「『こっき』って、なんのためにあるんだっけ?」

「それがあれば、それはその『くに』を象徴していて、ああ、その『くに』がそこにあるってことをわからせるためだよ」

「ふーん」

「アッちゃん」

「なに、ユウジシャチョー」

「で、なにをかいたらいいのかな、おれ」

「わかんないよ。そんなこと、ぼくにきくなよ」


結局、ぼくたちは、みんなバラバラに、他の友だちにはわからないように、自分の旗、っていうか「こっき」、っていうか「個人旗」をつくった。

そして次の日に集まって、一斉に、自分の旗をだしたんだ。

ユウジシャチョーの「こっき」は、完全に「マインクラフト」だった。ゾンビとかクリーパーとかスライムとかエンダーマンとかスケルトンとかエンダードラゴンとか、キャラたちが朱色の丸の周りに集まって、集合写真をとってるみたいだった。

　リョウマはもちろん、「にく」をかいた。肩ロース、リブロース、サーロイン、ランプ、モモ、バラ、ネック、テール、タン。リョウマは、ほんとうに上手に「にく」の絵をかくんだけど、ただ上手なだけじゃない。すごく美味しそうにかく。「にく」たちが、朱色の丸の周りを囲んで、ダンスをしている。朱色の丸には「柄」がついている。なんだ、フライパンだったのか！

　アッちゃんの「こっき」には字がかいてあった。ちいさな、きれいな字で、まっすぐ、並んでいる。アッちゃんみたいに几帳面な感じだ。

「好きな人はいますか
あなたにもし
好きな人がいるのなら
けっしてその手を離さぬように
浮かんだ想いをなくさぬように
あふれる涙をかくさぬように
あなたにもし

好きな人がいるのなら
わたしはとても幸せです」

それが、アッちゃんの「こっき」だった。


「アッちゃん……」

「なに？」

「アッちゃん……って、そういうひとだったの？」

「なんだよ。いいじゃん。これ、好きな詩なんだから」

アッちゃんは、たくさん本を読む。すごい。こういう詩を知ってるんだ。ほんとに尊敬する。

「じゃあ、ランちゃんのは？」

「困るなあ。アッちゃんの『こっき』のあとだと、ハズいよ……」

「でも、ランちゃんは、自分で書いたんだろう？　ぼくのは、他人のことばだからね。なんだか、ぼくは、いいことばが思いつかなくて、ああなっちゃったんだから」

アッちゃんがそういうのだから、まあ、いいかな、と思った。そして、ぼくは、ぼくの「こっき」をみんなにみせた。ぼくの「こっき」も、アッちゃんのと同じで、ぼくらの「こっき」の白いところに文章を書いた。こんなやつ。

「こんにちは。はじめまして。本名はカンベンしてください。恥ずかしいです。直接、ぼくにきいてくれたら教えてあげます。どうしても呼びたいなら、『ランちゃん』にしてください。まず、家族のことを書きます。おとうさんとおかあさんと弟がひとりいます。おとうさんは年寄りです。よく、『あのひと、ランちゃんの、おじいちゃん？』といわれます。でも、ちがうんです。年寄りだというと『ごへい』がありますが、ほんとうに歳をとっているのだから仕方ないです。おとうさんは、立ち上がると、いつも『イタタタタッ！』っていうんですよ。気の毒です。ぼくも、年寄りになったら、あんなことをいうんでしょうか。おかあさんはちょっとこわいです。なにがこわいって、ぼくや弟がイタズラをすると、強烈なパンチやキックを繰りだすことです。半端じゃないです！　以前、プロボクサーになるよう勧められた、っていうのが自慢なんですよ！　ほんとにやめてほしい。そのパンチやキックは、悪いひとに向けるべきだと思います。弟のことは、弟にきいてください。お互いに『かんしょう』しないようにしています。ここまで書いたら、残りが少なくなってきたので、つづきは手短に書くことにします。これは『こっき』です。ぼくを『しょうちょう』するものなんだそうです。どう思いますか？そんな気がしますかね。アッちゃんは、大丈夫だっていってるんですけど。この旗をみつめていると、ぼくのことがわかりますか？　そんなことないと思うんだけどなあ。まあ、そういうことです。なにかあったら、いつでも、質問を受けつけます。お昼休みにはもちろん食堂にいますが、すぐお昼ゴハンをたべていなくなるので、食堂にいけば会えるってわけではありません。たぶん、お昼ゴハンのあと、最初に、食堂を飛びだす子どもがいたら、それが、ぼくだと思ってください。さて、最後まで読んでくださり、ありがとうございました」

アッちゃんが読み終わったのを確認してから、ぼくはアッちゃんにきいてみた。

「これで、『こっき』になるかなあ?」

アッちゃんは、少しクビをひねってから、こういった。

「いいんじゃないかな。少し、字がちいさすぎて、そうとう近くにこないと読めないけどね。まあ、それぐらいは仕方ないよね。ランちゃんの感じがよくでてる。それが、たぶん『しょうちょう』ってことだと思うよ」

そこまでやって、ぼくたちはちょっと休むことにした。「くに」をつくる、っていうのはたいへんだ。ぼくたちは「こっき」をつくることだけで、すごく疲れている。神さまは、六日働いて世界をつくったあとでやっと休んだみたいだけど、そんなの信じられない。きっと、HP回復の呪文とかを使っていたんだと思う。

「くに」には、「こっき」の他にも、たくさんのことがある。「政府」とか「こくみん」とか「領土」とか「こっきょう」とか「憲法」とか「税金」とか「国会」とか「年金」とか「戦争」とか「軍隊」とか「お職」とか「さい判所」とか。まあ、テレビをみていると、いろんなものがあるみたいだ。といっても、ぼくたちは、あまりテレビをみないいんだけどね。

次の日、「全体集会」の日だった。だから、ぼくたちは、ぼくたちの「こっき」を「まとって」集会にでた。ほんとうは、もっと旗っぽく、ポールにさしてもってこようと思ったんだけど、いい棒っきれがみつからなかったんだ。ぼくは背中にスーパーマンのマントみたいに羽織った。アッちゃんは首もとからピンでTシャツに留めていた。リョウマは腹巻みたいに巻こうとしたけど、お腹(なか)がでていて、巻ききれなかったので、やっぱり、ピンで両端を留めた。ユウジシャチョーはエプロンみたいに腹に巻いた。

みんなは、ぼくたちをうらやましがった。「可愛い！」っていってくれた子も多かった。「こっき」だってことに気づいてくれた子はあまりいなかったみたいだ。説明しようとしたんだけど、だれもきいてくれなかったんだ。

なんだか、ちょっとだけさびしかった。

4・ぼくたちの学校

ぼくたちの学校のはなしを少ししよう。そうしないと、たぶん、ぼくたちが、こんなふうに、「くに」をつくったりするようになったことをわかってもらえないと思うんだ。

だれかに、なにかをはなしかけるときには、まず最初に、自分がどんなひとかを知ってもらわなきゃならない。ハラさんも、おとうさんも、そういう。肝太先生も理想先生も、そういう。

ぼくは、みんな大好きなので、きっと正しいのだと思う。

あっ。でも、そういう理由で、大好きだからという理由で、正しいと思っちゃいけない、ってハラさんも、おとうさんもいっていたような気がする。

うーん。どうしよう。これ以上、いまのぼくは難しいことを考えることはできない。だから、そのことはあとにするね。

なにもかも順番にやらなきゃならないから。そうしないと、わからなくなってしまうから。

ぼくたちの学校は変わっている。そのことは、もう、少しだけ書いた。いろいろなことがあって、ハラさんたちは、この学校をつくった。

だいたい、この学校は、とても静かだ。他の学校よりずっと。他の場所よりもずっと、だ。

そんな気がする。なにもかもが、ゆっくり動いている。時間がゆっくり流れている。雲がゆっくり流れてゆくみたいに。カタツムリが歩いている（あしがあるんだよ）みたいに。

こんなことがあったんだって。

ヒサウチくん、という男の子がいた。この学校ができた頃に入った子だ。この学校に入ると、クラスにではなく、子どもたちは、「プロジェクト」に入る。なにかやりたいことを選ぶ。それが「プロジェクト」だ。おいしいものをつくるとか、机や椅子や鳥小屋やレストランをつくるとか、劇をつくるとか、文章をつくるとか。いろいろ。

ヒサウチくんは、どこの「プロジェクト」にも入らなかった。他人とはなすのが苦手だったんだ。

この学校にきた最初の日に、ヒサウチくんは、寮に荷物を置くと、一本の釣りざおをだした。それから、なにか釣るのに必要なものを。

ヒサウチくんは、学校から少し離れたところに池があって、そこに、魚たちがいることを調べていた（ヒサウチくんも、みんなと同じように、おとうさんやおかあさんに連れられてハラさんに会いにきたんだ）。そして、ヒサウチくんは、池にいき、釣り糸を垂らした。お昼には、学校にお昼ゴハンをたべに帰り、また、池に戻った。そして、夕方まで、ずっと釣っていた。

いや、なにも釣れなかったので、糸を垂らしていた。

ヒサウチくんは、毎朝、寮をでて、池にいき、釣り糸を垂らした。昼ゴハンをたべに戻り、また池に戻った。

それから、ずっと、池に通った。そういうのを「通学した」っていうのかな？　わからない。おとなたちは代わる代わる、池にいき、ヒサウチくんの隣に座った。学校に戻るように説得するおとなはいなかった。ただ、釣りのジャマにならないようにはなしかけるだけだった。

「釣れる？」

「いえ」

「おもしろいの？」

「ええ」

その池にはなにかがいたのだろうか。なにかがいたとしても、その数は少なかった。それでも、二日に一度はなにかが釣れた。なにかが釣れると、ヒサウチくんは、すぐにその釣れたものを池に戻した。

ハラさんもよく、ヒサウチくんの隣に座った。他のおとなは一時間もすると、退屈して学校に戻るけれど、ハラさんは、一日中、ヒサウチくんの隣に座っていることもあった。

「ヒサウチくん、楽しいかい？」

「楽しいです。ハラさんは？」

「楽しいね」

「なにがですか？」

「なにもしないでいることとか、きみがもっている釣りざおの先が揺れていることとか、さっきモンシロチョウがぼくときみの間を通過したこととか、だれかが知らない歌を歌っているのが微かにきこえることとか、いつきみがなにかをはじめることになるんだろうかと考えることとか、いろいろ」

「ふーん、変わってますね」

そうやって、二年間、池に通ったヒサウチくんは、ある日、突然、釣りざおをしまった。そして、こういった。

「もういいや」

そして、ヒサウチくんは、学校にいき、「なにかをつくる、なんでもつくる」というプロジェクトに入った。

ヒサウチくんが釣りの次に興味をもったのはコンピューターだった。ヒサウチくんはすぐにコンピューターと仲良くなった。プロジェクトに入った年には、自作のコンピューターをつくった。それから、ヒサウチくんは自分でつくったコンピューターで自分のためのゲームをつくった。いまも、ヒサウチくんは、ゲームをつくっている。ぼくたちがやっているような有名なゲームを。

レイカちゃんは、ぼくより一つ年上の女の子だ。

レイカちゃんは、とても内気だった。他のにんげんとしゃべるのが苦手だった。レイカちゃんは、いつも、お気に入りの人形（なぜだか、そのお人形の名前も「レイカちゃん」だった）としゃべっていた。それで、レイカちゃんは満足だった。けれども、レイカちゃんは小学校に入らなければならなくなった。この世界には、そういう決まりがあったんだ。だから、レイカちゃんは、小学校に「レイカちゃん」を連れていった。でも、小学校に人形をもっていってはいけないことになってるんだ。

レイカちゃんは「レイカちゃん」なしで登校することになった。けれども、レイカちゃんは、「レイカちゃん」なしではあまりに悲しくて、授業中、ずっと泣いていた。

そこで、小学校は、特例で、レイカちゃんに「レイカちゃん」を連れて登校し、授業を受けてもいいことにした。

けれども、困ったことがあった。それは、レイカちゃんが「レイカちゃん」にはなしかけることだった。仕方ないよね。だって、レイカちゃんにとって「レイカちゃん」はただひとりの友だちなんだから。

「いくらなんでも」レイカちゃんの担任の先生はいった。

「授業中、ずっと、人形とおしゃべりされては、みんな授業に集中できません」

結局、レイカちゃんは、この学校にくることになった。「レイカちゃん」と一緒に。

レイカちゃんは、寮に入った。家はずっと離れたところにあったから。そして、毎日、ずっと「レイカちゃん」にはなしかけた。「レイカちゃん」にはなしかけるのに忙しくて、プロジェクトにでる暇はなかった。

おとなたちのだれかが、ときどき、レイカちゃんのところにやってきた。レイカちゃんは、ぜんぜん気にせず、「レイカちゃん」とはなした。レイカちゃんと「レイカちゃん」が、あんまり仲良くはなすものだから、おとなたちは、結局、黙って立ち去るのだった。

もちろん、ハラさんもやってきた。そして、レイカちゃんと「レイカちゃん」のはなしをじっときいた。いつまでも。

「ねえ」レイカちゃんは、突然、ハラさんにいった。

「あなた、なにしてるの？」

「ぼくにもはなしかけてくれないかなあと思って待っているんだ」

「ふうん。『レイカちゃん』、このひととはなしたい？」

「うんはなしてみたい」

そうやって、ハラさんは、レイカちゃんたちと仲良くなった。どんなはなしをしたのかは、教えてくれないけれど。

そうやって、ハラさんとレイカちゃんと「レイカちゃん」のお茶会は三年つづいた。お茶会でしゃべるのが忙しくて、レイカちゃんも「レイカちゃん」も、文字すら知らなかった。自分の名前さえ書けなかった。

三年たった、ある日、「レイカちゃん」がいきなりいった。

「ハラさん！」

「なに？　どうしたの、『レイカちゃん』！」

「この子が、そろそろ勉強したいって！」

「ほんとうなの、レイカちゃん？」

レイカちゃんは恥ずかしそうにうなずいた。いや、「レイカちゃん」のほうだったのかも。それから、レイカちゃんはプロジェクトにでるようになった。文字も計算も覚えた。いまでは、他のだれよりも本が好きだ（アッちゃんを除いてだけど）。「レイカちゃん」はレイカちゃんのベッドの枕もとに座っている。そして、夜、いまでもときどき、レイカちゃんとおはなしをしている。ひそひそ。ひそひそ。


ヒサウチくんとレイカちゃんのことを書いた。いつか、もっとたくさん、他の子どもたちのことも書いてみたい。そうすれば、ぼくたちのことがもっとわかってもらえると思う。そうすれば、ぼくのことも、もっとわかってもらえると思う。

こんなふうに、ぼくたちは、ここにいる。そのことがわかってもらえると、ぼくはうれしい。

5・ぼくには得意ワザがない

ぼくには得意ワザがない。アッちゃんは本をたくさん読む。だからなんでも知っている。難しい漢字も書ける。熟語だってよく知っている。「ガシンショウタン」とか。どんな意味だったっけ。アッちゃんからきいたのに忘れてしまった。

ユウジシャチョーは、スマホは二年生の頃から、アイパッドは三年から、パソコンは四年生の頃から使ってる。「マインクラフト」のことははなしたよね。ぼくもゲームは得意だけど、ユウジシャチョーにはかなわない。

でも、リョウマはもっとすごい。

リョウマはたべるのが好きだ。でも、料理もうまいんだ。なんでもつくる。リョウマはおかあさんとふたり暮らしで、おかあさんがいつも忙しいから、料理をつくるようになったんだって。それで、おかあさんが休みのときにも、リョウマが料理をつくるんだって。リョウマはあんなに指が太いのに、ダイコンの千切りも、ジャガイモの皮むきも、ほんとにうまい。リンゴの皮だって、一枚にむいちゃうんだぜ！　信じられないよ！　ぼくがリンゴの皮をむいたら、リンゴが半分になっちゃうのに！　それから、エプロンだって、手づくりなんだ。ミシンだって使えるんだって。ほんと、リョウマ、リスペクト！

リョウマは一年生のとき、プロジェクトに「おいしいものをつくっちゃおう」を選んだ（この学校では、なにか一つのプロジェクトを選ばなきゃならない。このはなしはまた今度ゆっくりしよう）。それからずっと、「おいしいものをつくっちゃおう」にいる。ほんとうは、他のプロジェクトもやりたいんだけど、ミキティーやゴリさん（プロジェクトのおとなだよ）が、リョウマを離さないらしい。だよね。

そして、ぼくだ。

ぼくには、アッちゃんやユウジシャチョーやリョウマみたいな得意ワザがない。本は読むけれど、マンガばっかりだ。「マインクラフト」や「ジオキャッシング」や「スプラトゥーン」もやるけれど、ユウジシャチョーには絶対かなわない。たべるのは好きだけれど、リョウマをみていると、食欲がなくなる。これはウソ。

アッちゃんは「ランちゃんの得意ワザは『なんで?』だよね」っていうんだ。確かに、ぼくは、すぐに「なんで?」ってきく。いつでも、どこでも、「なんで?」って思って、すぐに、そういう。そもそも、そのせいで、この学校にくることになったんだ。

一年生のとき、もちろん、公立の小学校に通っていたときに、こんな問題がでた。

「リンゴが十コありました。アキコさんは七コたべました。リンゴはぜんぶでいくつのこっているでしょう」

だから、ぼくは、手をあげて、こういった。

「せんせい」

「なに、ランちゃん」

「なんで、アキコさんは、七コも、リンゴをたべたんですか？」

「お腹が空(す)いていたからじゃないかな」

「リンゴの他にたべるものがなかったんですか？　リンゴしかなくても、七コもたべたくないと思うんですけど」

先生はちょっと困ったみたいだった。でも、ぼくは先生を困らせたかったんじゃなくて、不思議だったんだ。七コもリンゴをたべたくないと思うでしょう。いくらリンゴが好きだとしても。ちがうのかな。ぼくは、そうだ。

「では、つぎの文しょうで、さくしゃはどうおもったのでしょう。つぎのうちからえらびなさい。

（1）びっくりした

（2）かなしかった

げる。

（3）おこった
（4）なやんだ」
こういうのもわからない。だから、ぼくは手の上にあごをのせて、考える。それで、手をあげる。


「せんせい」

「どうしたの、ランちゃん」

「なんで、答えが四つしかないんですか？　もしかしたら、これいがいにあるかも。それから、この答えは、さくしゃさんにきいたんですか？」

そのときも、先生は、困ったみたいだった。でも、ぼくは「クレイマー」じゃない。先生を困らせて、喜んでたんじゃない。ほんとうに「なんで？」って思うんだ。ほんとうに「なんで？」って思うと、口から「なんで？」がでるんだ。

でも、みんな、「なんで？」って思ってるんじゃないかな。じゃあ、どうして、そういわないんだろう。正直にいえばいいのに、と思う。にんげん、正直がたいせつだ。

だから、公立の小学校にいっていたときは、よく、授業中、窓の外を見ていた。空に雲が浮かんでいるときはおもしろい。どんどん形が変わる。変身するカイブツみたいだ。

ずっと見ていても飽きない。はやく授業が終わらないかなあ。先生がまわってきて、ぼくの頭をコツンと叩いた。あわてて、黒板をみる。あれ、悪魔のセキバンかなんかじゃないかと思うんだけど。ぼくたちが覚えなきゃいけないことがたくさん書いてある。「漢字の書き順」とか。

たとえば、ぼくの名前の中には「太」という漢字が入っている。で、ぼくは、まず最初に、「丶」を、ノートの四角で囲ったところの真ん中に書く。「太」の中でいちばんたいせつなところだ。真ん中じゃないと、気分が悪い。それから「人」を書く。「丶」をちゃんと守ってくれるように。そして、いちばんあとで、横に棒をひっぱる「一」。これはまあ、「人」が倒れないように、支えてくれる仕事をしてる、って感じ。

先生は「書き順が違う」といって、直してくれる。なんで？ 書き順、ってなんだろう。だれが決めたんだろう。その決めたひとは、どの漢字の書き順もぜんぶ決めたんだろうか。それとも、投票で決めたのかな？ ぼくたちの学校みたいに「全体集会」で決めたのなら、いいけど。でも、「太」の書き順を決めたその集会に、ぼくはでてないから。


ぼくが、この「学校」の見学にきたのは、小学三年生のときだった。

周りは山ばかりだった。

ハラさんの部屋の中で、ぼくとおとうさんは、ハラさんと向かい合った。ピンクの雲が舞う部屋だ。なんだか落ち着かない。

おとうさんがなにかいおうとしたら、ハローキティのカーテンを開けて、ちいさな女の子が入ってきた。そして、女の子は、ハラさんの膝の上に座った。座ってニコニコしていた。ハラさんもニコニコしながら、女の子の頭を撫(な)でた。おとうさんもニコニコしていた。なので、ぼくもニコニコした。そうやって、ぼくたちはみんなニコニコしていた。ぼくはすぐに、その子がおはなしが苦手な女の子だとわかった。でも全然へーきだった。

「アヤちゃん、ハラさんに絵をかいてくれたの?」

ハラさんがそういうと、「アヤちゃん」はうなずいて、ハラさんに、画用紙を渡した。そこには、ピンクのなにかがかいてあった。それは、象にも戦車にも熱帯に生えているおおきな花のようにもみえた。

「この子は、ぼくの膝の上が、この世でいちばん気に入ってる場所なんですよ」ハラさんはいった。

「なので、アヤちゃんがここに座っている間は、ぼくは動くことができません」

結局、ハラさんとぼくとおとうさんはあまりはなすことができなかった。でも、はなす必要はあまりなかった。時には、そういうこともあるよね。

その日は、ちょうど、運動会の日だった。

ハラさんはおとうさんに「ちょっと参加していきますか?」っていった。見学にいったのに、ぼくたちは運動会にでることになった。

で、この「学校」では、だれも「れつ」に並ばないってことがわかった。運動会の最初に、ハラさんがあいさつをした。でも、子どもはだれも並んでない。バラバラになって、ハラさんのはなしをきいてる。

「こんにちは。いい天気ですね。晴れてよかった。今日は運動会です。楽しくやりましょう。お終(しま)い」

ハラさんはそれだけいって、マイクのあるところを離れた。ぼくは、ハラさんにいった。

「なんで、おはなしが短いんですか……じゃなくて、なんで、みんな、れつに並ばないんですか?」

すると、ハラさんはびっくりしたように、こういった。

「えっ! なんで、ひとのはなしをきくのに、れつに並ばなきゃいけないの? れつに並んだら、はなしているぼくがよくみえないでしょ」

そのとき、ぼくは、この学校に入りたいな、って思った。「なんで?」っていっても、きっと怒られないだろうから。

運動会もおもしろかった。「赤組」も「白組」もない。競技がはじまると、係の子どもが、「でたいひといますか?」って、みんなのところにきて、きく。それでもって、でたい子どもが、でるんだ。「パン食い競走」とか「借り物競走」とか。「競走」っていっても、勝ちも負けもないんだけど。

「綱引き」は「おとな」と「子ども」に分かれてやる。これは「真剣勝負」だ。ぼくは、子ども側にいって、おとうさんは、おとな側にいった。

綱引きがはじまった。綱を引っ張る。おとなの力が強い。おとなが子どもたちを引っ張る。そしたら、綱引きに参加していなかった子どもたちがばらばらやってきて、加勢した。今度は、子どもの側がぐいぐい引っ張ってゆく。そしたら、残っていたおとな（ハラさんとか！）が綱にしがみついた。

よいしょ。どっこいしょ。今度はおとなが優勢だ。と思ったら、おとなの中からなん人かが裏切って（?）、子どもの側についた。いつまでたっても終わらない綱引きなんだ（でも、最後には、おとな側がみんな疲れて座りこんで終わりなんだよね）。

6・肝太先生

そうやって、ぼくは、この学校にたどり着いた。

ぼくたちの学校には不思議なことが、いくつもある。それが楽しい。たとえば。

肝太先生のはなしをしよう。

ぼくたちの学校には肝太先生という先生がいる。そのことははなしたよね。待てよ。ぼくたちの学校では先生ということばを使わず、「おとな」ということばを使う。けれども、肝太先生のことは肝太先生というんだ。

肝太先生は山麓寮のどこかに住んでいるらしい。もしかしたら、「三階」かもしれない。「らしい」というのは、ほんとうのところ、肝太先生がどこに住んでいるのか、よくわからないからだ。

肝太先生は、いつの間にかぼくたちの前に現れる。そして、いつの間にか、姿を消す。

肝太先生は、老人だ。とても歳をとっている。なん歳なんだろう。だれにもわからない。肝太先生をみていると、ぼくたちも、あんなふうに歳をとるのかなと思う。あんなふうに静かにはなしをするようになるのかな、とか。

たぶん、他の学校なら、あんなに歳をとった先生なんか雇わない。でも、ぼくたちの学校なら大丈夫だ。

肝太先生は痩せている。そして、ちいさい。それでもって、少し前かがみになって歩く。頭にはカツラをつけている。だれがみてもすぐわかるようなカツラだ。しかも長髪の。ジーンズにTシャツ。Tシャツはいつも赤とか黄色とか青とか、派手な色だ。

そして、肝太先生は、いつも、時間通りに授業をするために、山麓寮の「三階」から、図書室にゆっくり降りてくる。

まず、靴がみえる。それから、脚。そして胴体。最後に顔が現れる。

肝太先生は、ぼくたちをみまわす。それから、こういう。

「やあ」

「こんにちは」ぼくたちはいう。

「あと二分ある。はやくきすぎました」そういって、肝太先生は腕時計をみる。

「はなしをするのには、まだ少しはやい」

肝太先生はなんでも時間通りにする。

「だから、それまで、時間が過ぎるのをみていよう」

そして、ぼくたちは肝太先生と一緒に、二分という時間が過ぎ去るのを待つことにするんだ。

カチカチカチカチ。いや、そんな気がするだけ。ぼくたちは、ぼくたちそれぞれのやり方で、時間が過ぎるのをみつめている。それで、静かに、時間が過ぎるのを待つ。

子どもたちが十人。図書室に集まっている。


肝太先生はたいてい、二分か三分、図書室にはやくくる。ほんとうは正しい時間にくることができるはずなのに、少しはやくくる。そして、いつも、みんなで時間が流れるのを見学する。

黙って見学することもある。それから、なにかをしながら、待つこともある。


「今日は」肝太先生がいう。

「なくなったおじいちゃんかおばあちゃんのことを考えながら待つことにしよう」

「肝太先生」

「なに?」

「おじいちゃんもおばあちゃんも生きてるんですけど」

「じゃあ、なくなったものならなんでもいいよ」

「ピケでも?」

「ピケとは?」

「飼っていたウサギ」

「もちろん」

「肝太先生」

「なに?」

「ママなら、死んで、いないけど」

「じゃあ、ママのことを考えなさい」

「でも、ママのことはまるで覚えてないの」

「ママのはなしをパパからきいたことは? それから、あなたのママの写真はないの?」

「写真はあります。パパからママのことをきいたことも。とても可愛くて、細くて、散歩が好きで、いつもショールをしていたって」

「それでいいよ」

そんなふうにして、ぼくたちは、それぞれに、なくなったもののことを考えることにした。おじいちゃん、おばあちゃん、ママ、ウサギ、ネコ、イヌ、カメ、クマ(人形)、ビワの木、お絵かき帳。

「肝太先生」

「なに?」

「肝太先生は、なにを考えることにするんですか?」

すると、肝太先生はこういった。

「すべてだよ。わたしにとっては、みんな、なくなったものばかりだから」

ほんとうは、もう授業がはじまる時間だけれど、考える時間は別にとってあるのだ。だから、ぼくたちは、二分、待つことにした。

時間が流れた。ゆっくりと。すると、そのすきまに、キラキラ光るなにかがみえた。みえたような気がした。あれはなんだろう。なくなったなにかなのかもしれない。

それは、すたすたぼくに近づいてきた。

「こんにちは」

「こんにちは」

そして、それは、きたときと同じように、またどこかへいってしまった。なんだか、とてもさびしい気がした。肝太先生が時計をみた。そして、いった。

「二分過ぎた。さあ、はじめよう」

7・肝太先生のおはなし

「さて、みなさん。今日は、『おとなになる』というおはなしをしましょう。この学校では、あなたたち『子ども』を教えるひとたちのことを『おとな』と呼んでいます。とても、いいことだ、とわたしは思います。だいたい、ここの『おとな』たちは、『子ども』に教えない。それもいいことです。だれも、だれからも、教えたり、教えられたりはできないからです。もちろん、わたしが、ここでやっているのも、あなたたちを『教えている』のではありません。そんなことは、だれにもできないからです。ところで、『おとな』とはなんでしょうか？」

「なんでも自分でできるひとのことです」子どもの中のひとりがいった。

「なるほど、そうかもしれない。他に、意見をいえるひとはいますか？」

「自分でやったことに責任をもつことができるひと？」別の子どもがいった。

「悪くない」肝太先生はいった。

「また、他の考えのひとは？」

「他人のはなしをきくことのできるひと？」また別の子どもがいった。

「たいへんよろしい」肝太先生はうれしそうにいった。そして、こうつづけた。

「どの意見も間違ってはいません。そして、あなたたちがいったようなひとが『おとな』であることに、わたしも同意します。これから、わたしがはなすのは、あなたたちとは少しちがった『おとな』です。でも、じつは、あなたたちが考える『おとな』とちがっているわけではありません。わたしの考えでは、『おとな』というものは、自由にものを考えることができるひとのことです。そして、たいていのにんげんは、自由にものを考えることが苦手です。ということは……」

「『おとな』のひとがいない、ということですか?」さらに別の子どもがいった。

「そうです。ほんとうのところ『おとな』は少ない、というか、『おとな』になる、ということは、とても難しいのです。いま、わたしは『おとな』というものは、自由にものを考えることができるひとのことだ、といいました。では、自由にものを考える、ということは、どういうことなのでしょうか」

「自分で考える?」

「いいね」

「じゃあ、自分の意見をもつ?」

「それも、よさそうだ」

「えっと、いろんな本を読んで、知識を深めて、それから、じっくり考える?」

「エス・イスト・グート! いや、いいね、それも。他には?」

「じゃあ、いままでだれも考えたことのない考えを考える?」

「グート!　それもいい。すごくいい」

肝太先生は、うれしくなると「エス・イスト・グート!」という。あるいは「グート!」と。それは「いいね」ってことみたいだ。肝太先生の「エス・イスト・グート!」がでると、ぼくたちもうれしい。

「では」肝太先生はいった。

「わたしの考える『おとな』についてはなしましょう。『おとな』というのは『ひとり』ではなすことができるひとのことです。たったひとり。条件というのは、そのひとに、名前があること。他には、なにもいらない。そのひとが、歳をとっているとか、中学生であるとか、左足に障害があるとか、おおきな通信会社の課長をしているとか、そういうこととはすべて関係なく、ただ『ひとり』で、自分の名前をもっていて、それだけの条件で、なにかをはなす、あるいは、なにかを考える、それが『おとな』であることです。わかりにくいでしょうか。では、こんな場合を考えてみてください。ここがキリスト教会がつくった学校で、わたしが牧師で先生であるとしましょう。わたしは、神さまのはなしやキリストのはなしをするでしょう?　そのとき、あなたたちのだれかが『牧師さま、神さまっていうのはほんとうにいらっしゃるのでしょうか』とたずねたら、わたしは、ほんとうは、それを疑っていても、『いらっしゃいますよ』というでしょう」

「うそをついているの？」

「そうではありません。わたしは、牧師として、そういわざるをえなかったのです。そのひと、その名前をもった個人ではなく『牧師』としてしゃべった。だから、自由にものを考えることができなかったのです。では、この『牧師』さんが、自由にものを考えるためには、どうしたらいいのでしょう？」

「牧師の服を脱ぐ？」

「エス・イスト・グート！　よろしい。服を脱ぐ、ということは、とてもたいせつです。服を脱いでしまえば、だれが、どんなひとなのかわかりません。警察官が制服を脱ぐ、兵士が軍服を脱ぐ、音楽家がタキシードを脱ぐ、サラリーマンがスーツを脱ぐ。そうすれば、はなす内容も変わってくるかもしれませんね。けれども、難しいのは、みえない服を着ているときです」

「『裸の王さま』の反対？」

「グート！　あのおとぎばなしでは、王さまはなにも着ていないのに、服を着ていると思っています。けれども、逆に、みえない服を着ているのに、なにも着てはいないように思えてしまうことがあるのです」

　そして、肝太先生は、こういった。

「この前、わたしは、みなさんに『平和』のはなしをしました。『平和』の問題こそ、自由に考えなければなりません。『おとな』になって考える必要があります。さて、想像してみてください。二つの国があります。その二つの国の間には海があって、そこに、ちいさい無人島がある。だれも住んではいません。でも、長い間、その無人島がどちらの国に属するのか、二つの国は争ってきました。ときには、どちらの国も忘れたふりをしたこともあります。けれども、なぜか、このごろになって、その無人島のことで、再び、激しく争うようになりました。いまは、どうやら、その無人島は、あなたたちの国のもののようですが、もう一つの国は、強く、自分たちのものだと主張しているようです。それればかりか、その無人島の周りでは、その国の軍艦が姿をみせ、飛行機も旋回しています。いったい、どうすればいいのでしょうか」

そこまでいうと、肝太先生は、遠くをみるような目つきになった。思わず、ぼくたちも、肝太先生がみつめている方角をながめた。そこには、なにもなかったのだけれど。

考える時間になった。肝太先生がゆっくりと歩く。ぼくたちは考える。そう、ただ考えるだけじゃない。「おとな」のように「自由に」考えてみるのだ。まだ、子どもなのにね。ぼくは、いつもみたいに、ぼんやり外をみた。山がみえる。雲がみえる。風までみえるような気がする。

ぼくも服を着ている。この服じゃなくて、おとうさんとおかあさんの子どもという服。ふつうの学校ではないけれど、学校の生徒という服。子どもという服。それからなんだっけ、この国のひとという服。たくさん服があって、ときどき間違える。でも、服を着ていないときはあまりない。

この国のひとたちも服を着ている。みんな同じ服だ。たとえば、緑の服。それから、隣の国のひとたちは別の服を着ている。赤い服を。緑の服のひとたちと赤い服のひとたちがケンカをする。服を脱げば区別なんかつかないのに。


「肝太先生」

「なんだい、ランちゃん」

「その無人島が、どちらの国のものかで困っているんですよね」

「そうだよ」

「片方の国のひとが赤い服を着ていて、もう片方の国のひとが緑の服を着ているとしますね。その島が、赤い服の国のひとのものだとすると、その島も赤い服を着て、緑の服の国のひとのものだとすると、その島も緑の服を着る、ってことですよね」

「まあ、そうだね」

「どうして、みんな、その島に服を着せたがるんですか？」

「同じ服のひとがたくさんいると安心なんじゃないかな」

「島は、それでうれしいんでしょうか？」

「なんだって？」

「あのね、その、赤い服の国のひとたちも、緑の服の国のひとたちも、その島に気持ちをきいてみたんでしょうか。その島のことをたいせつに思って、いろいろしているんでしょうか。無人島だったってことは、ずっと、その島は、ひとりで、楽しく生きてきたと思うんです。鳥が渡ってきて、フンをかけられたり、イルカやクジラが泳いでいるのをみたり、台風がきたらこわかったり。でも、ずっとひとりで、にんげんなしでやってきたんでしょう？　服なんか着たことがなかったんでしょう？　なのに、知らないにんげんがやってきて、無理矢理、服を着せようとするなんて、なんか、ひどい気がするんです。服を着せられても、いいことなんか一つもない。船や飛行機がやってくるので、鳥も飛んでこなくなっちゃうし、クジラだって泳いでこない。そのままで、そのまま服を着ないで生きてゆくのが、その島にとっていちばん幸せなんじゃないかな。よくわからないけど」

「エス・イスト・グート！」肝太先生はおおきな声でいった。

「おもしろいね。きみの考えは、ちょっと変わっている。変わっている、というのは、たいへんよろしい、ということです」

　ぼくは肝太先生にほめられてちょっとうれしかった。でも、ほんとうは、ちょっと悲しかった。その無人島さんのことを考えていたからだ。それまで、だれも見向きもしなかったのに、急に注目された。それればかりか、みんなが寄ってたかって、自分のところの服を着せようとしている。でも、無人島さんのことをたいせつに思ってくれるひとなんかいないのだ。ぼくが無人島さんだったらどう思うだろう。勝手にしてよ！　そう思って、家出するかもしれない。でも、無人島さんは、島だから、動くことができない。動くとしても、千年に三㎝ぐらいしか動けない。ヘビやミミズクと遊ぶのなら楽しいのに、にんげんなんかいても楽しいことなんか少しもない。なにしろ、服を着せることしか考えてないんだから。これ以上つきまとわないでほしい。そう思っても、意地悪なにんげんは離れない。悲しみのあまり、爆発しちゃうかもしれない。無人島の自殺。なんてかわいそうなんだ。でも、それもこれも、みんな、にんげんたちが悪いんだ。

8・ぼくの家の「憲法」たちのこと、そして理想先生のこともちょっと

ぼくの家には「憲法」たちがいる。いや、「憲法」がある、っていうのかな。
そういうと、びっくりするひとがいる。中には、「きみのおとうさんはサヨクなの?」って
いうひともいる。意味がよくわからない。他の家には「憲法」がないんだろうか。ないとした
ら、なんだか不思議な気がするな。
ぼくが生まれたときには、もう、ぼくの家には「憲法」たちがいた。ぼくの家の「憲法」た
ちは、一枚ずつ、冷蔵庫の扉にマグネットで留めてある。

「一・遅くなるときは、必ず連絡すること」

とか。

「一・むかついているときでも、抱きしめ合うこと」

「一・デートに遅れるときには、連絡すること」

「一・友だちを連れてくるときには、必ず連絡すること」

「一・知らないひとを連れてくるときには、絶対連絡すること」

「一・誕生日のプレゼントはなにがいい？　ってきかないこと」

とか。

これらは、ぼくの家でいちばん古い「憲法」たちだ。とても古い。メモ用紙をちぎって、マジックインキで書いてある。赤や青やときには緑色のインキで。

「伝説の『憲法』たちだ」っておとうさんはいう。なにしろ、ぼくの生まれる前からそこにいるんだ。だから、それが書いてある紙はもう白くはなく、ずいぶん色あせて、赤っぽい。字がすっかりかすれて、読めなくなってしまったものもある。

それでも、みんな、とても威厳がある。

「憲法」たちは、みんな、堂々としている。それは、長く、きちんと生きてきたものたちに、自然に備わるものだって。そう、おとうさんが教えてくれた。

「憲法」たちが古くなると、おとうさんが、もう一度、その上から、文字を書き直す。新しい紙にではなく、古い紙の上に、新しく字を書き入れる。

「その『憲法』をつくったときの気持ちを忘れないように、昔、自分が書いた文字をなぞるんだ」って、おとうさんはいってる。

古い「憲法」を書いた字の上を、ゆっくり、おとうさんが（おかあさんのときもある）、なぞってゆく。字の細い線からなるたけはみださないように、真剣に、おとうさんは「憲法」をなぞってゆく。そうすると、古くなっていた「憲法」たちはそわそわする。そして、ちょっとだけ若返る。


「一・朝起きたら『おはよう』ということ」

「一・夜寝る前には『おやすみ』ということ」

「一・しゃべるときには、相手の目をみてしゃべること」

「一・おしっこをしたときには必ず手を洗うこと」

「一・『シブキ』が飛び散った便器は自分できれいにすること」

「一・一度歯を磨いても、そのあと、お菓子かなにかをたべたら、もう一度歯を磨くこと」

「一・本を踏まないこと」

「一・詩集を捨てないこと」

「一・詩集かどうか読んでもわからなかったら、捨てるのは保留にすること」

「一・歯磨きチューブの中身は最後まで絞りだして使うこと」

「一・悪口をいわないこと」

「一・ウソをつかないこと。ただし、おとうさんが仕事の電話にでているときに、『もうすぐ終わります』や『もう原稿は書きはじめました』というのは例外とする」

「一・食事のあと、自分の食器は流しに下げること」

もちろん、最初、「憲法」たちをつくっていたのは、おとうさんとおかあさんだった。それから、やがて、ぼくもつくるようになった。それから、弟のキイちゃんもつくるようになった。ぼくたち家族は、「憲法」たちを守らなきゃならない。家族というものは、そういうものだから。おとうさんは、そういう。

「もちろん」とおとうさんはいう。

「きみが、この家をでていったら、またどこかで、だれかと、新しい『憲法』たちをつくればいい。そのときまでは、この『憲法』たちのいうことをきかなきゃならない」

「それは、強制じゃないか」っていうひともいる。でも、なんだか、そうじゃない、と思う。

「そういうのって、強制っていうのとはちがうんじゃないかな」ぼくがこういうと、理想先生はおおきくうなずいた。

＊

そうだ。理想先生のことを、少しだけ説明しておくことにしよう。そうしないと、忘れてしまうかもしれないから。

理想先生も、肝太先生のように、少し変わっている。それから、理想先生も、肝太先生みたいに、どうやら寮に住んでいるらしい。

理想先生がなん歳なのか、ぼくは知らない。たぶん、だれも知らないんじゃないか、って思う。ハラさんだってね。

理想先生は肝太先生と仲がいい。だから、たぶん同じぐらいの歳なんじゃないかな。そうだとしたら、ほんとうの歳よりも若くみえる。

理想先生は、中くらいの背で、おおきくはない。どちらかというと、ちいさい。ずんぐりしている。顔も丸い。デブじゃないけどね。眼は真っ黒で、きらきら輝いている。それから、ちょっと変な癖があって、頸(くび)をいつも一方にかしげている。なので、理想先生とはなしていると、いつの間にか、ぼくたちも頸を一方にかしげている。世界が少し斜めにみえる。それも悪くない。

頸をかしげているのは、寝相が悪いからなんじゃないかな。

おまけに、しょっちゅううつむいているので、理想先生がどんな表情をしているのかは、なかなかわからない。

でも、なにかがあると、理想先生は顔を上げる。すると、理想先生が、ぼくたちをじっとみつめていることに気がつくんだ。鋭い目つきで。ぼくたちがなにを考えているか、お見通しって感じだ。

そして、早口の低い声で、ぼくたちにはなす。少しもこわくはない。すごく可愛らしいはなし方をする。そういうおとなを、ぼくは他に知らない。

理想先生も肝太先生と同じで、散歩が好きだ。ふらりとでかけると、なん時間も、外を歩きまわる。胸ポケットからイヤフォンが理想先生の耳に伸びている。

理想先生は音楽が大好きらしい。いつも、音楽をきいている。そして、「きみたちの音楽は興味深い！」っていうんだ。

理想先生が最近気に入っているのは、ＴＯＫＯＮＡ－Ｘ、ＲＨＹＭＥＳＴＥＲ、ＢＵＤＤＨＡ　ＢＲＡＮＤ、Ｓｈｉｎｇ０２とからしい。

「ヘビロテできいているのは、ＲＵＭＩの『Ｈｅｌｌ　Ｍｅ　ＮＡＴＩＯＮ』だよ」っていってるけど、どれも、ぼくはきいたことがない。ラップが好きなアッちゃんが理想先生に教えたみたいだ。

「わたしが若かった頃には、こんな音楽はなかったよ。特に、女の子が、こんな音楽をつくるなんてね！　なんていい時代なんだ！」って理想先生はいう。

「じつにいい。でも、どうやって採譜したらいいのかよくわからない」って。

散歩している理想先生の耳から、音が洩れる。それでも理想先生は気にしない。それどころか、その音に合わせて、ちいさく呻くように、つぶやいたりもする。

「採用！　愛をくれ店長、社長　採用希望！
採用！　愛をくれ公共職業安定所！
休憩まだか？　給料まだか？　まかないまだか？　財布が裸！

オイ！　フリースタイルしてくんなよ
Ｈｅｙ　ＹＯ!!　じゃねえよ　今勤務中だよッ！」

＊

忘れていた。理想先生はうなずくと、ぼくにこう答えたんだ。

「それは、じつに立派な、見上げた『憲法』たちだ。そして、きみは、おとうさんのいうとおり、彼らを守らなきゃならない。きみが彼らを守らなきゃならない理由は、そのうちわかるだろう」

「でも、ちょっと困ってることがあるんです」とぼくは、理想先生にいった。

「『一・一日に一度、それが無理なら、三日に一度、せめて、一週間に最低一度は「大好き」と家族にいうこと』っていう憲法があるんです」

「素晴らしい」と理想先生はいった。

「なんの問題もないと思うのだが」

「もし」とぼくはいった。

「ほんとうに、もしもだけれど、ぼくたちのだれかが、家族のだれかを、前のようには『大好き』って思わなくても、それでも、『大好き』っていわなきゃならないのかな……それって、別の憲法の『一・ウソをつかないこと』に矛盾するんじゃないかな、って」

「いい子だ」理想先生はいった。

「そして、とてもいい悩みだ。心配しなくてもよろしい。この、きみの家の『一・一日に一度「大好き」という』という憲法と『一・ウソをつかないこと』という憲法は矛盾しないのだ。たいせつなのは……いいかね、そこに書かれている文字の列じゃない。あまり真剣に文字の列を追いかけるのはよろしくない。それは、ただ書かれたインクのシミなのだから。そこをいくらみても、そこにはなにもないのだ。そのことを、きみのおとうさんやおかあさんはよくわかっていると思う。たいせつなのは『憲法』たちの『精神』なのだ。きみの家族の『憲法』たちの『精神』はなんだかわかるかい」

「わかりません」

「わたしが思うに、きみの家族の『憲法』たちには『憐れみ』の感情がこめられている。それは、たいそう立派でたいせつなことだ」理想先生は、少し頸をかしげて、こういった。

「あるとき、きみのおとうさんとおかあさんは出会った。そこで、おとうさんとおかあさんは『家』というものをつくることにしたのだ。ところで、ランちゃん」

「なんですか、理想先生」

「『家』というものは、どうやってつくるか知っているかい？」

「大工さんが建てる？　学校のプロジェクトみたいに」

「確かに、あれも『家』をつくることにはちがいないね！　でも、わたしがいいたいのは、それじゃないよ。建物じゃないほうの『家』だ。きみが『家族』と呼んでいるもののことだ。きみのおとうさんとおかあさんはちがう『家』で育った。なので、いろいろなところがちがう。趣味も考え方も好きな俳優も。でも、一緒に『家』をつくることにした。それで『契約』をしたのだ」

「『契約』って、アイフォーンを買ったとき、ａｕショップでおとうさんが書いてたやつ?」

「あれもまあ、一種の『契約』だが、きみの『家』ができるときにした『契約』は、もっとずっとたいせつなものだよ」

「『結婚届け』とか?」

「ランちゃん、あれは、単なる『文字のシミ』だよ! まあ、わたしには、そんなことをいう資格はないのだけれどね。とにかく、ひとりのにんげんが他のにんげんとなにかを一緒にしようと思ったら、とりわけ、大事なことを一緒にしようと思ったら、そのふたりのにんげんは、最初に約束しなきゃならない。それは、とてもたいせつなことだ。にんげんは変わる。変わってゆく。それは仕方のないことだ。そして、ずっと昔、なにがあったのかを忘れてしまう。その、たいせつななにかを覚えておくために、最初に約束をするのだよ」

「冷蔵庫のアイスクリームを勝手にたべちゃいけないとか?」

「まあ、その通りだ。そして、きみのおとうさんとおかあさんは『契約』を結んだ。約束を忘れないために。その成果として、きみの家では『憲法』たちが生まれた、というわけだ。けれども、ほんとうのところ、たいせつなのは、『契約』でも『憲法』でもないのだよ」

「では、なんですか？」

「簡単なことだ。きみたちが守るべきなのは、その『家』であり『家族』だろう？　『契約』も『憲法』たちも、そのためにあるわけだからね。そして、そこが、きみの『家』であり『家族』でありつづけるために必要なのは、一つ一つの『憲法』じゃない。その『家』ができるときに生まれた『精神』なのさ」

「それが、どうして……『憐れみ』……になるんですか？」

「きみのおとうさんとおかあさんは、出会って、お互いに大好きになった。そうだね？」

「はい、たぶん、そう」

「『大好き』という感情の下には、もっとおおきな『憐れみ』という感情が流れている。そのことは、もう、ランちゃん、きみにもわかるはずだ。猫を飼う。犬を飼う。とてもたいせつにする。大好きだからだ。けれども、猫も犬もいうことをきかない。すると、ときには、きみはきっとイヤになったりもするだろう。もう世話をしたくないとか思ったりするだろう。でも、そうやってイヤな気分になったあと、もう一度、その猫や犬をみると、そのイヤになった自分がイヤになるだろう。いちばんたいせつな『大好き』という感情でさえ、いつも揺らいでいるからだ。そして、そのとき、自分がとても弱い、不安定な存在だということに気づくからだ。おとうさんとおかあさんはそのことに気づいた。それから、そのあと、きみが生まれて、もっと強く気づいた。わたしたちが如何に、弱々しく、もろく、はかない存在であるかを。だから、おとうさんとおかあさんは『契約』して『憲法』たちをつくり、弱い自分たちを励ましてきたんだよ」

理想先生のいうことは、難しい。でも、なんだか、わかるような気がする。

キイちゃんは、動きがゆっくりしている。ことばの数も少ない。そして、いろんなことがわからない。

キイちゃんは、赤ちゃんの頃、おおきな病気にかかった。そのせいだって、おとうさんやおかあさんはいってる。でも、そのことを、キイちゃんにはいわない。だって、いろいろなことがうまくできないことをいちばんよく知っているのは、キイちゃんなんだから。

そういうキイちゃんを、他のひとが変な目でみる。この子は……ちょっとかわいそうね、って。そうすると、ぼくは、胸がいっぱいになる。一日に一回じゃなく、一時間に三回ぐらい「大好き」だっていいたくなる。

でも、そのことを忘れて、キイちゃんに「キイちゃんの、バカ!」っていったり、外が雨でコンビニにいくのが面倒くさいのでキイちゃんのハイチュウをだまってたべたり、キイちゃんがいちばん好きな『ゲゲゲの鬼太郎』をみているとき、ぼくがみたいので『ケロロ軍曹』にチャンネルを替えて、キイちゃんを泣かせてしまう。ぼくは、なんて忘れっぽいんだろう。やっぱり、ぼくには、「憲法」たちが必要なんだ。

「憲法」ができると、ぼくたちは、それを、冷蔵庫の扉に貼る……でも、冷蔵庫の扉には、もう「憲法」たちがたくさん住んでいて、空き場所がない。なので、いまは、冷蔵庫の横に貼ったりしている。反対側は壁なので、そっちには、新しく生まれた「憲法」を貼ることができない。

これ以上、「憲法」たちが増えたらどうしよう。おかあさんは、そのためにもっとおおきな冷蔵庫を買わなきゃ、っていってる。洗濯機はダメだ。だって、水に濡れるし、脱水するときの震動で、「憲法」たちが剝がれてしまうから。だから、冷蔵庫なんだ。

おかあさんは、ほんとうに、心の底から冷蔵庫が好きなんだ（おとうさんは、昔は、そんなに冷蔵庫に興味がなかったみたいだ）。

おかあさんの家は、ずっと「共働き」だった。そして、おかあさんのおとうさんとおかあさんはずっと夜遅くまで働くひとだった。だから、おかあさんが学校から帰っても、だれもいなかった。でも、おかあさんはさびしくはなかった。おかあさんとおとうさんがなにかを書いた紙が、いつも、冷蔵庫の扉にマグネットで留められていたから。

「お帰り！」とか「ごめんね、今日も遅いから、冷蔵庫の中にあるオムライスをレンジで温めてたべてください」とか「いちばん大事なあなたにチューを送ります」とか。

もちろん、おかあさんも、紙になにかを書いて冷蔵庫の扉に貼った。おかあさんが眠ったあと帰ってきた、おかあさんのおとうさんとおかあさんが、それを読むんだ。

「パパ、ママ、お帰り！」とか「試験が戻ってきて、快調だったわよ」とか「来週の運動会、こられるかな？　でも、無理しなくていいよ」とか。

おかあさんは冷蔵庫と仲がよかった。冷蔵庫はおかあさんのいちばんの友だちだった。そのうち、おかあさんは、たいせつなことを紙に書いて、冷蔵庫の扉に貼るようになったんだ。それだけじゃない。おかあさんは、そのひとがどんなひとなのか、冷たいひとなのか温かいひとなのか、うわべだけいいことをいうけど中身はまっくろなひとなのか。中身がまっくろそうだけど、じつは、誠実なひとなのか、冷蔵庫をみるだけでわかるようになったんだって。

おかあさんがおとうさんの家に初めていったとき（まだ、おとうさんと会うのは三度目だったみたいだけど）、おかあさんは、真っ直ぐ、冷蔵庫のところにいった。そして、真剣に冷蔵庫を眺めた。ビックカメラの販売員だって、そんなに真剣に冷蔵庫のことはみない。そして、おかあさんは、こういった。

「まあまあの冷蔵庫ね。あなたの年齢にしては悪くないわ」

それだけいうと、おかあさんは、さっさと帰ってしまった。おとうさんはびっくりしたみたいだ。気がつくと、おかあさんはいなくなっていて、冷蔵庫にちいさな紙が貼りつけてあったから。

「また、こんどね！」

そうやって、おとうさんとおかあさんは、冷蔵庫の扉に「憲法」を貼るようになった。どうして、他の「家」には「憲法」がないんだろう。もしかしたら、冷蔵庫以外のところに貼ってあるのかな？

ときには、いらなくなる「憲法」もある。そのことをはなそう。

「一・赤ん坊だからといって、赤ちゃんっぽいことばを使わない。ペットのようにも扱わない。ひとりのにんげんとしてはなしかけること」

この「憲法」をどうしよう。おとうさんとおかあさんは、そのことについて長くはなし合った。もちろん、ぼくらも、はなし合いに参加した。というか、おとうさんとおかあさんがはなしをするのを椅子に腰かけて眺めていた。

もう、ぼくやキイちゃんは赤ん坊ではなくなった。だから、この「憲法」はもう使われることがない。とはいっても、この家で、また必要になることもあるかもしれない。未来のことはわからないから。

結局、この「憲法」は、冷蔵庫の扉からはずされることになった。もうじゅうぶん働いてくれたのだ、とおとうさんはいった。そろそろ、休ませてあげてもいい頃じゃないかな、って。だから、おとうさんが、「憲法」をはずすことにした。

ぼくたちは、みんなで、おとうさんが「憲法」をはずすところをみた。おとうさんは、ほんとうに愛(いと)おしそうに、「憲法」をはずして、台所の食卓の上に置いた。

食卓の上に横たわって「憲法」は、すっかり歳をとっていた。けれども、「憲法」は最後の力をふりしぼって、ぼくたちをみまわした。それから、目をつぶると、「憲法」の呼吸は、少しずつ弱くなっていった。

おかあさんは、目を真っ赤にして泣いていた。そして、ちいさな声で、こういったんだ。

「長い間ありがとう、『憲法』」。

そのとき、ぼくは気づいた。ぼくも、胸がいっぱいだった。その「憲法」は、ぼくたち兄弟の「乳母」だったんだ。だれよりも一生懸命、ぼくたちを育ててくれたんだ。

ありがとう、「憲法」。ぼくは、胸の中でいった。

さよなら、「憲法」。

それはなんだかとてもさびしいことだった。その「憲法」があった場所には、なん日かして、別の「憲法」が貼りつけられた。

「一・アイスをたべるのは一日に二個までとすること」

ぼくたちの家の「憲法」のつくり方を説明しよう。

「一・朝、おとうさんもおかあさんも起きられないときは、起きたひとが朝ごはんをつくること」

この「憲法」はぼくがつくった。

朝ごはんをつくるのは、たいてい、おとうさんだ。おかあさんもつくるけれど、おかあさんは、からだが弱いので、なかなか起きられない。

「一・家族のひとりひとりは、みんなちがった肉体と精神をもっているので、そのひとに合わせた生き方をすること。そして、それをみんなで尊重すること」

いつもは、おとうさんが起きて、ごはんをつくる。けれども、おとうさんがずっと朝まで仕事をしていると、起きられないことがある。そして、おかあさんも。

書斎にいって、おとうさんがなにをしているかをみる。おとうさんは、しょっちゅう「机の下」で寝ている。

気持ちよさそうだ。両足を伸ばして、両手をしっかり胸の上で組んで、おとうさんは寝ている。ぼくとキイちゃんは、おとうさんを観察する。

「ランちゃん」

「なに、キイちゃん」

「おとうさん、って、ほんと、歳とってるね！」

「シィッ！　そんなこと、いっちゃダメ。よけい、歳とっちゃうから」

おとうさんは、寝るためのベッドも、布団を敷く場所もあるのに、たいてい、そこで眠っている。ぼくが生まれて、気がついてからずっと。

だから、ちっちゃい頃は、よく、「おとうさん、死んじゃった！」といって、おかあさんをびっくりさせた。

でも、死んでるわけじゃない。歳をとっているし、疲れているから、そうみえるだけなんだ。ぼくたちは、生きていることがわかって、とてもうれしかった。これからもずっと、その格好でいいから、生きていてほしい。

それから、おとうさんは、寝ているときには起こすように、といっていた。だれかが、朝ごはんをつくらなきゃいけない。おとうさんかおかあさんか、が。

「おとうさん」

おとうさんは起きない。でもう一回、今度は囁(ささや)くような声でいう。それでは、起きてもらいたいのか、そのまま寝ていてもらいたいのかわからないぐらい、ちっちゃな声で。

「おとうさん」

やっぱり起きない。ぼくのうしろで、キイちゃんがいう。

「ねえ、死んでる？」

「いや、生きてると思う」

「おかあさんを起こしにいく？」

「おかあさんはきのう具合が悪かったみたいだから、起こさないほうがいいと思うよ」

もう一度、ぼくは、おとうさんにいう。

「おとうさん」

すると、おとうさんは、目をつぶったまま、つぶやくように、こういう。

「ランちゃん。あと六分四十五秒したら起こして……」

「おとうさん」ぼくはほんとうにちいさい声でいった。

「朝ごはんはぼくがつくって、ぼくとキイちゃんでたべるから、おとうさんは寝てていいよ」

「ダメだよ……きみたちはそうやって、チョコモナカジャンボ三個とパピコのチョココーヒー二本とハイチュウを二個、朝ごはんにしたじゃないか……そういうのは……朝ごはんとはいいません……きみたちには栄養が……とても必要なんだ……そういう朝ごはんをおとうさんは……認めません」

「大丈夫だよ。ちゃんと、パンの上にハムを二枚のせて、その上に『とろけるチーズ』をのせて、トースターで焼いてたべるから」

「……一二〇〇Wで二分三十秒……」おとうさんは眠りながらいった。

「薄くこげ目がついたらもうたべて……二枚目は……二分……もうトースターがじゅうぶんに温まっているからそれで……いいよ……リンゴは……リンゴは……冷蔵庫の下から二番目に……ある……じつは皮をむかなくても……残留……農薬……は少ないんだよ………」

ぼくとキイちゃんは、それから、おとうさんがなにかをいうのを待った。でも、おとうさんはまた寝たみたいだった。なので、静かに書斎をでていこうとした。

おとうさんの声がした。

でも、それは、ぼくたちに向かってしゃべったのではなく、ただのねごとだったのかもしれない。

それはとても、くっきりはっきりしたいい方だった。おとうさんのねごとは、いつもそうだったから。そして、それは、冷蔵庫の扉に貼ってある「憲法」の一つだったから。

「一・リンゴのいちばんの栄養は皮の下にあるから、皮ごとたべること」

9・「憲法」の中にいる悲しいひと

ぼくたちは「くに」をつくろうとしている。

「くに」をつくることはたいへんだ。しかも、夏休みの間に。だから、ぼくたちは、いろいろなことをやらなきゃならない。いろいろなものをつくらなきゃならない。

でも、ぼくたちはいろいろなことを知らない（アッちゃんは、いろいろなことを知ってるけど）。ぼくたちは、いろいろなものを、いろいろなところから学ばなきゃならないんだ。

もちろん、学校のおとなたちはみんな、質問すると教えてくれる。ハラさんも、肝太先生も、理想先生も。たぶん、おとうさんだって。

でも、すぐにきいてはいけないんだ。ぼくたちは、自分の力で頑張ってみなきゃならない。

「一・できるだけ自分で考えること」

これは、ぼくの家の「憲法」だ。それから、学校の「憲法」にも、こんなことが書いてある。

「一・ほんとうにわからなくなるまで質問しないこと。子どもたちがほんとうにわからないとわかるまで、なにも教えないこと」

こっちは、学校の「憲法」だ。すごく似てるね。だから、おとうさんとハラさんは仲がいいんだと思う。

毎日、なん時間も、ぼくたちは集まって本を読んだりする。

本には、いろいろなことが書いてある。そういうとき、頼りになるのはアッちゃんだ。インターネットで調べたりもする。そういうとき、頼りになるのは、ユウジシャチョーだ。ずっと本を読んでいると、お腹が空いてくる。そういうとき、頼りになるのはリョウマだ。リョウマは、どこかから必ず、たべるものをみつけてくる。

ぼくは……ぼくは、みんなから頼りにされているのだろうか。

あっ。そういえば、みんなで「くに」をつくることをはじめたとき、アッちゃんが、こういったんだ。

「要するに、『憲法』っていうのは、家の『決まり』みたいなものなんだよ」

ユウジシャチョーとリョウマは、よくわからない、という顔つきになった。でも、ぼくはこういった。

「そうだと思った」って。

それから、ぼくは、アッちゃんに、ぼくの家の「憲法」のはなしをした。すると、アッちゃんは、ため息をついて、

「ランちゃん、それ、マジで『憲法』だよ。っていうか、きみの家では『憲法』なんだよね、ほんとに。ランちゃん、ぼくより、『憲法』のことがわかってるんじゃないかな」っていったんだ。

「そんなことないけど」

「ランちゃん、って、ランちゃんだよね」

「まあね」


そうやって、ぼくたちは、いろんな「憲法」を読んでいる。「憲法」を読むのは、なんだか楽しい。

それは、その国という「家」の「決まり」だ。世界中には、いろいろな「家」がある。おおきな「家」、ちいさな「家」。お金持ちの「家」、そうでもない「家」。堅苦しい「家」、自由な「家」。門限が厳しくて、遅れて帰ったら、鍵がかかっててどんなに頼んでも入れてくれなさそうな「家」。それから、いろいろ。だから、「決まり」も、いろいろだ。それが、おもしろい。

「生命が生まれ、実現する自然すなわちパチャ・ママは、その存在が完全に尊重される権利並

びに生命の循環、構造、機能及び進化プロセスの維持及び再生の権利を有する。すべての人、共同体、部族又は民族は、自然の権利の履行を、公的機関に請求する権利を有する」

「憲法」にこんなことが書いてある国があった。エクアドルっていうんだって。どこかの本から、アッちゃんがみつけてきたんだ。


「つまり」とぼくはいった。

「自然にも権利があるってこと？」

「そうだよ」アッちゃんはいった。

「じゃあ、『自然権』だ」ユウジシャチョーはいった。ユウジシャチョーもずっと難しい本を読んでいるから、そこで知ったことをみんなにいいたくて仕方ないのだ。

「うーん、ユウジシャチョー。『自然権』というと別の意味になるんだよ。たぶん、『自然の生存権』ってことじゃないかな」

「じゃあ、ぼくら、野菜も肉もたべちゃいけないんじゃないか！」リョウマがいった。

「そんなことはない……と思うけど」

アッちゃんには珍しく、自信がなさそうだった。森や林や動物にも生きてゆく権利がある。そういえば、アマミノクロウサギが原告の裁判とかなかったっけ。ウサギが原告席に座って、こういうんだ。

「あのう……すいません。ぼくの家を壊さないでください。お願いします」

その「家」は、おとうさんとおかあさんとぼくとキイちゃんだけの家よりもずっとおおきい。にんげんだけでもたいへんなのに、森や林やアマミノクロウサギやリュウグウノツカイや、ぼくのよく知らないコケとかビフィズス菌とかも家族なのかな。そんなにたくさんいたら、会議をするのがたいへんかもね。でも、会議をするのがたいへんだから簡単にしよう、と思ってはいけない、って、理想先生がいってた。

そんなにたくさん「家族」がいる「家」には、どれだけおおきな冷蔵庫が必要なんだろう。それから、なん百万枚もなん千万枚も「憲法」が貼ってあったら、「憲法」が多すぎて、わからなくなっちゃうんじゃないだろうか。

ふうっ。

わからないことが多すぎる。ぼくたちはまだ子どもだから。そして、知らないことが多すぎるから。でも、ぼくは、「わかりたい」と思うんだ。

「そのひと」をみつけたのは、アッちゃんでもなく、ユウジシャチョーでもなく、もちろん、ぼくでもなく、不思議なことに、リョウマだった。

「ねえ」とリョウマはいった。

「『このひと』は、なんでも好きなものをたべることができるんだろうか」

「いや」とアッちゃんはいった。

「たぶん、好きなものをたべてるんじゃないかな。よく知らないけど」

「だって」とリョウマはまたいった。

「『このひと』、なんだか、とても自由がなさそうな感じがするんだけど」

なん度も読んでいたけれど、ぼくもアッちゃんもユウジシャチョーも、そんなことを思いついたりはしなかった。だから、ぼくたちは、もう一度、この国の「憲法」を読んでみることにした。

なん度も読めばいいんだ。おとうさんは、よく、そういう。わからなくても、それでいいんだ。そのうち、なにかがちょっとだけわかる。だれかの説明なんかきかずに、まず、自分で読んでみるんだ。質問するのは、ずっとあとでいい。

だから、ぼくたちは、だまって、「憲法」を読んだ。この国の、を。


「うーん」アッちゃんが呻いた。

「『第11条　国民は、すべての基本的人権の享有を妨げられない。この憲法が国民に保障する基本的人権は、侵すことのできない永久の権利として、現在及び将来の国民に与へられる』って書いてある。ということは、『このひと』も『国民』のひとりだから『基本的人権』をもっているってことだ。では、『基本的人権』っていうのは、なんだろう。それは、あちこちにいろいろ書いてある。でもね、よく考えてみると、変なんだよ。

『このひと』は『日本国の象徴であり日本国民統合の象徴』って書いてあるから、22条2項の『国籍を離脱する自由』はないよね。それから、第2条で『皇位は、世襲のもの』と書いてあるから『両性の合意のみ』でオッケーな24条1項の『婚姻の自由』もない。それから、4条で『国政に関する権能を有しない』と書いてあるから、15条の選挙権や被選挙権もないし、たぶん、21条1項の『表現の自由』もないんじゃないかな。えっと、それから、なんだっけ」

そうやって、ぼくたちは、気の毒な「そのひと」のことが書かれている「憲法」を、ずっと読んでいった。ぼくは、「そのひと」のことをほんとうには知らない。たまに、テレビでみることはあるけど。なんだか、いいひとそうにみえる。それだけだ。

でも、この「憲法」の中の「そのひと」は、ひどくさびしそうだ。あんまりじゃないか、ってぼくは思う。みんなは、そう思わないのだろうか。ひとりでも苦しんでいるひとがいると思うと、楽しくないものだ、って理想先生はいってたけれど。

「そのひと」の「家」にも、冷蔵庫があって（あるに決まってる）、その扉には、ぼくの家のように「憲法」が貼ってあるんだろうか。それとも、そんなものが貼ってあると、もう一つの、立派で有名な「憲法」と区別がつかなくなるから、冷蔵庫には、ただたべもののみものが入っているだけなんだろうか。この有名な「憲法」の「精神」はなんだろう。理想先生がいうように「憐れみ」なんだろうか。

　結局、ぼくたちにはなにもわからなかった。なんだか、とてもさびしい感じがしただけだった。そして、ずっとあとになって、「あのこと」が起こるんだけど、それは、いつか書くことにしよう。

10・キヨミヤくんのこと

これは、たいせつなことなんだろうか。それとも、そんなにたいせつではないことなんだろうか。ぼくにはよくわからない。でも、おとうさんはこういっていたっけ。

「たいせつなのは」っておとうさんはいった。

「きみが気になるということだよ。きみが気になるということは、そのどこかにきみにとってたいせつなことがあるってことだ。だから、そういうもののことを、注意深く観察したほうがいい、とおとうさんは思う」

寮から廊下を伝って食堂の前を通りかかった。そしたら、職員室へ向かう階段のところに、子どもがひとり座っていた。

学校ではみかけたことのない子どもだった。でも、そういうことはよくある。ぼくたちの学校には、しょっちゅう見学のひとがやってくるから。

その子どもは、肌の色が薄くって、ぼくよりずっとちいさかった。そして、瞳の色もなんか薄い感じがした。四年生か、それとも五年生なのかな。でも、二年生か三年生ぐらいにしかみえない。そんな感じの男の子だった。

「こんにちは」そういって、ぼくは通りすぎようとした。すると、そのちいさな子がいきなり、こういった。

「ねえ、きみ、名前はなんていうの？」

「みんなは、ランちゃん、っていうよ。でも、たにんに名前をきくなら、その前に自分の名前をいうべきじゃないかな」

「わかってないね、きみは。ここは、ぼくにとってはアウェイで、きみのホームなんだから、対等な立場とはいえない。ぼくには先にきみの名前をきく権利があるんだよ。でも、もう、きみの名前はきいたから、ぼくの名前もいおう。キヨミヤだよ」

ぼくの名前を教えて、その子の名前もわかったので、ぼくは、図書室にいこうとした。すると、その子は……キヨミヤくんだ……ぼくの手をいきなり握って、こういった。

「ねえ、きみは『勝ち組』？　それとも『負け組』？　そんなこと急にいわれてもわからないかな。もしかしたら、きみはまだそんなことを考えたことなんかないかもしれないからね。だから、質問を変えよう。きみのおとうさんは『勝ち組』？　それとも『負け組』？　それなら、答えられるんじゃない？　ぼくのおかあさんは『負け組』だよ。先にいっておくけど、おとうさんはいないんだ。いろんな理由があってね。おかあさんはシングルマザーで、仕事をなん回も替わっているんだ。そして、この国では、仕事をなん回も替えるようなジョブ・ホッパーは『負け組』になるしかないんだよ。メディアでは、よく『こうやって、わたしは前の職をやめて、新しい人生を切り開きました』って話題がでるけど、あんなのは、例外だって知ってるかい？　ほとんどの転職者は、職を替えるごとにじり貧になってゆくんだ。会社の人事のひとはね、職歴のところをみて二回以上転職していると、それだけで、応募者を除外するんだ。デニーズでお昼をたべてるとき、隣の席にいたひとがいっていたよ。でも、そのひとがいうまでもなく、そんなことは常識なんだけどね。おかあさんは、よく、『わたしは人生を間違えた』って泣いてるよ。子どもの前で、そんなことをいう時点で、親として失格なんだけどね。結局、親になれなかったんだな。子どものまま、ただおおきくなっただけ。で、ランちゃん、きみのおとうさんの職業は？」

　ぼくは、キヨミヤくんがいうことを、ただ黙ってきいていた。「あっけにとられる」って、こういうことをいうんじゃないかな。キヨミヤくんのようなしゃべり方をする子どもは、この学校にはいない。っていうか、初めてだった。

「大学の先生で、小説を書いてるよ」

「ふーん。それなら、きみのおとうさんは『勝ち組』だね。知ってるかい？　医者より大学の先生のほうが『勝ち組』なんだよ。いまは医者も増えすぎたし、医者は医療訴訟なんかのリスクがあるけど、大学の教員にはないんだ。しかも、暇な時間に小説を書いているわけだろう。きみのおとうさんは、うまいことやってるよ。ねえ、ランちゃん。ぼくのことを『おかしいやつ』だって思ってるだろ？」

「そんなことないよ」

「きみはやさしいんだね。きっと、両親がやさしかったんだ。ぼくにはわかる。ぼくは『変わってる』んだ。思いついたことをすぐに口にだしたくなる。みんなが黙っているようなことでも、すぐにしゃべる。だから、『空気を読まないやつ』って思われてて、友だちができないんだ。おそらく、発達障害の一種なんだと思うよ。ぼくは自分で調べてみた。というか、おかあさんのパソコンの履歴をみたら、ずっと発達障害について調べているんで、ははあ、って思ったんだよ。子どもにみられるという発想がなかったんだ。親にとっては、子どもはいつまでも子どもにしかみえないらしいからね。ぼくが『変わってる』んでおかあさんは苦しんでる。他の子どもたちとは一緒にやれないし、友だちもいないしね。だから、この学校に入れれば、なんとかなるんじゃないか、って『ワラにもすがる思い』できたんだよ。でも、おかあさんは、この学校のことを、ほんとうはよくわかってない。『変わった子どもを受けいれる』ということは理解していても『社会のレールから外れる可能性を受けいれる』ということは理解できてないんだ。この学校に仮に入れたとして、そのあと、どこか『いい大学』に入れたいと思ってる。おかあさんは、ぼくを『勝ち組』にしたいんだ。それがいちばんたいせつだと思ってるんだ。だから、この学校の理念とはあいいれない。ぼくは、学校のブログを読んで、そのことがわかってるけど、おかあさんは、ただ『変わった子どもを受けいれる』という点しかみてない。おそらく、いま、おかあさんは、そのことで希望が打ち砕かれているはずだよ。ところで、ランちゃん」

「えっ？　えっ？　なに、なに、キヨミヤくん」

「きみはなにをもってるの？　こんな休みのときに、学校でなにをやってるわけ？　たしか、宿題なんかないんじゃなかったっけ、この学校」

「そうだよ。よく知ってるね。これは、ぼくたちが、夏休みにつくることにした『くに』の資料なんだ。ぼくたちは、なんというか、宿題じゃなくって、夏休みのあいだに、なにかをつくらなきゃなんない。そのなにかはなんでもいいんだけど、ぼくたちは、『くに』をつくろうと思って、まあ、いろいろ調べてるんだ」

「ふーん。『くに』っていうのは、もちろん、お遊びの『くに』じゃなくて、きちんとした『くに』なんだね？」

「そう。正式の『くに』をつくりたいんだ」

「ねえ、ランちゃん。きみは、すごくめぐまれてるんだよ。『くに』をつくるって、きみのような子どもがいったら、たいていは、バカにされるか、そんなことをしている暇があったら勉強をしなさいと親にいわれるか、先生とかいう、教えると称してほんとうのところ子どものことが嫌いなおとなの連中が寄ってたかって、きみのやることをつぶそうとするはずなんだ。なのに、きっと、ここのおとなも、きみの親も、黙って、きみたちが『くに』をつくろうとするのを、見守っているんだね。それはね、ランちゃん、きみの親が『勝ち組』だからだよ。経済的に余裕があって、しかも、未来を見据えて、子どもをベルトコンベアーに乗せるだけであとは放っておくなんてことができないひとだからなんだ。きみは、たくさんのおとなたちに守られてる。それに気づいたほうがいいよ。別に、きみにどこか秀でたところがあるわけじゃない。『くに』をつくるとかいっても、きみやぼくみたいな子どもの立場だと、遊びみたいなものだよね。なのに、幼稚園や保育園の園児でもないのに、きみは、まだまだ遊んでいていいっていわれるんだ。それは、ランちゃんの親が『勝ち組』だからだって知っておいたほうがいいよ。きみの親とちがって、ぼくのおかあさんは『いっぱいいっぱい』だよ。なんとか『負け組』にならないように頑張ってる、つもりなんだ。でも、頑張ってる段階で、もう『負け組』だってことに気づいてない。ずっと心療内科に通って袋に山盛りの薬をもらってるし、オーヴァードースで三回も救急車で運ばれてる。みつけて連絡するのはいつもぼくなんだ。救急隊員がきて、『発見者はどこです?』っていつもきかれるんだけど、『発見したのはぼくです』っていうと、変な顔をされるよ。それから、おかあさんには、もっとたくさん『秘密』もあるんだ。この国で、おかあさんみたいな女のひとが、しかもぼくのような子どもがいて、生きてゆくのは、ほんとうにたいへんなことなんだ。ぼくは知っているけど、そのことは絶対おかあさんに知られちゃいけないんだ。ぼくがその秘密を知っているって、おかあさんが知ったら、死んでしまうと思う。とにかく、おかあさんは、なんとか、ぼくをこの学校に通わせたい、っていってる。仮に、ここに通うとして、学費はぎりぎりなんとかなるかもしれない。けれども、おかあさんには余裕がない。たとえばメンタルな意味でね。それから、なにより、この学校の意味を理解していないんだ。だから、ぼくはここには通うことができないと思う。ねえ、ランちゃん、ぼくのことを気の毒に思う必要はないよ。ぼくはおかあさんという重しを抱えて生きていかなきゃならない。そういう運命なんだ。おかあさんは、かわいそうなひとで、ぼくがいないとダメになっちゃう。この国では経済格差がもうすっかり固定してきたから、ぼくはもしかしたら、シングルマザーのおかあさんと一緒に、ずっと貧しいままかもしれない。いちばんいいのは、おかあさんを捨てることだ。でも、ぼくにはそれだけはできない。きみは、親から守られる存在だけれど、ぼくのおかあさんは、ぼくが守らないといけないんだ。だって、ぼくしか守ってあげられるにんげんがいないんだから。ぼくは、ふつうの学校にいって、できるだけふつうに生きてゆくつもりだよ。それでも、どんなにおさえようとしても、思ったことはやはりいうのかもしれない。どうやら、簡単には治らない障害みたいだから。だとするなら、ずっと『変な子』だって思われたままだろうね。でも、その中で、なんとかのし上がってゆくよ。ぼくは絶望はしない。ぼくは強くならなきゃならないんだ」

キヨミヤくんのうしろに、おとなの女のひとが立っていた。いくつぐらいだろう。ぼくのおかあさんより若いかもしれない。でも、もっと歳をとっているのかもしれない。少し太って、でも顔色が悪くて、瞼(まぶた)がはれぼったくて、それから眠そうな感じだった。

「もういくよ」

その女のひとは、キヨミヤくんにそういった。そして、ぼくにちょっとえしゃくをした。

「もういかなきゃならない。あっ、そうだ!」

「なに? キヨミヤくん」

「ランちゃん、ぼくはね、おかあさんが日本人、もういないけどおとうさんがイギリス人で、生まれたのはアメリカなんだ。アメリカは生地主義だから、三重国籍ってことになるんだよ。ややこしいよね。そういうのって、ほんとうにうんざりする。なにかに属するってことはさ。きみの『くに』では、ぼくはどういう扱いになるのかな」

「ごめん。そこまでまだ考えてないんだ。『くに』をつくるためには、いろんなことを決めなきゃならなくて、国籍のことまでたどり着いていない。きちんと調べて、それから考えることにするね」

「ランちゃん」

「なに？」

「ぼくのことを『変』だと思う？」

「そんなことない……っていうとウソだよね。ちょっと『変』だと思うよ。でも、ぼくもずっと長い間『変』だっていわれてたんだ。っていうか、ぼくの友だちも、みんな『変』だっていわれてるような子ばかりなんだよね。だから、『変』だってことが、ほんとうに『変』なのか、わからないよ。なにかが『変』であるためには、『変』ではないものがなきゃならない。でも、どうだったら『変』じゃないのか、ぼくにはわからない」


そして、ぼくは、キヨミヤくんの返事を待った。けれども、キヨミヤくんは、もうなにもいわなかった。ただ眩(まぶ)しそうに、ぼくの顔を眺めた。すると、おかあさんがキヨミヤくんの手をそっと引っ張って、またぼくに頭を下げた。だから、ぼくも、頭を下げた。ふたりは、そのまま、職員室の前の廊下を歩いていった。静かな足音がきこえた。

突然、キヨミヤくんが足を止めた。それから、おかあさんになにかをいうと、ぼくのほうに走ってきた。

「ランちゃん」

「なんだい？」

「ぼくの名前を教えてあげるよ。マイケル……マイケル・キヨミヤっていうんだ」

「ありがとう……マイケル」

「ねえ、ランちゃん。きみの『くに』のこく民に、ぼくもなれるのかな」

「大丈夫だよ！　アッちゃんが……あっ、アッちゃんっていうのは、いっしょに『くに』をつくろうとしている友だちで、すごく頭がいいんだけど、そのアッちゃんは、ぼくたちの『くに』はそれを望むものはだれでもこく民になることができるようにするべきだ、っていってたから」

「じゃあ、いつか、ぼくも、ランちゃんたちの『くに』のこく民にしてね」

「もちろん！」

「もういかなきゃ。おかあさんがすごく心配なんだ。今日は面接があるからいつもの三倍も薬を吞んできたんだ。朝、ぼくが、おかあさんに『もう二回分吞んでるから、それ以上はやめたほうがいいよ』っていったら、おかあさんに泣かれた。それでもう一回分吞んじゃったんだ。ぼくが悪かったんだ。おかあさんの性格はつかんでいるはずなのに。耐性ができてるからギリギリだけど、もう一回分吞んだら、救急車を呼ばなきゃならないから。じゃあ、いくね」

「また会おうね、マイケル」

「うん。できたらね。アッちゃんにもよろしく」

「ああ、あと、ユウジシャチョーっていう子とリョウマっていう子が『くに』をつくる仲間なんだ」

「じゃあ、そのユウジシャチョーとリョウマにも、よろしくね！　さよなら、ランちゃん！」
「さよなら、マイケル！」

キヨミヤくんは、おかあさんのところに走っていった。そして、おかあさんと手をつないだ。おかあさんが、また頭を下げた。きっと、いつも頭を下げてばかりいるんだ。キヨミヤくんは、頭を下げずに、ぼくをみつめていた。それから、ふたりは、ぼくに背を向けて出口に向かった。ふたりの方向から陽の光が入ってきて眩しかった。だから、ぼくは目を細めた。ふたりは手をつないだまま、ちいさくなっていった。なんだか、キヨミヤくんのほうがおかあさんの手を引っ張っているみたいだった。

ふたりの姿がみえなくなってからも、ぼくは、しばらく立ったままだった。ほんとうは、図書室でぼくを待っている、アッちゃんやユウジシャチョーやリョウマのところに急いでいかなきゃならない。でも、なんだかそんな気にはなれなかった。

ハラさんの部屋の前で、「入っていいですか」といった。すると、中から、「入っていいよ」というハラさんの声がきこえた。だから、ぼくは、中に入った。
「なんだい、ランちゃん？」ハラさんはいった。
「いま、マイケル……キヨミヤくんのおかあさんとはなしてたんでしょ？」

「そうだよ」

「ハラさん、キヨミヤくんは、この学校にくる?」

「うーん」ハラさんは、ちょっと困った顔つきになった。

「いろいろ考えてみたんだが、ちょっと難しいかもしれないね」

「それは、キヨミヤくんのおかあさんがシングルマザーで、貧しいから?」

「そういうことじゃないよ。いや、ランちゃん、どうして、そんなことを知ってるの?」

「ああ、それはね、さっき、キヨミヤくんとはなして、キヨミヤくんが教えてくれたんだ。ねえ、ハラさんは、キヨミヤくんともはなしをした?」

「もちろん」

「ハラさん」

「なんだい?」

「ぼくはね、キヨミヤくんこそ、この学校にくるべきじゃないか、って思ったんだ。なんていうか、キヨミヤくんには、ぼくたちのだれよりも、『自由』になる権利があると思うんだよね」

「そうかもしれない。でも、ランちゃん。キヨミヤくんにはおかあさんがいて、おかあさんには、おかあさんの教育方針があるんだよ」

「それは、要するに、キヨミヤくんは、キヨミヤくんのおかあさんに『属している』から、自分の思う通りに、つまり、自由にすることはできない、ってこと?」

「そうだね」

「ハラさん。ぼくたちは、みんな、なにかに『属している』んだね。国とか、学校とか、家とか……それから……もっとたくさんのなにかに」

「そうだ。ぼくは、きみたち子どもには、なにかに『属する』前に、ひとりひとりの子どもでいてもらいたいと思っている。ランちゃんとか、アッちゃんとか、ユウジシャチョーとか、リヨウマとかね。でも、この学校にいても、それはなかなか難しい。でも、子どもだからという理由じゃないよ。おとなだって同じなんだ」

「ハラさん。もういくね。アッちゃんたちが待ってるから」

「ああ、いっておいで」

「ねえ、一つきいていいかな」

「いいよ」

「ハラさん、よく、『イギリスのお友だち』とはなしをしているでしょ。携帯で。特に朝」

「そうだよ」

「ぼく考えてみたんだ。イギリスとの時差が八時間あるでしょ。ということは、『イギリスのお友だち』って、夜中に起きて、ハラさんとはなしてるの？　なんで？」

「ランちゃん、よく気がついたね！」

ハラさんはそういうと、ぼくの耳元に口を寄せて、ちいさな声でこういった。

「『イギリスのお友だち』は不眠症なんだよ。それで、寝られないとき、ぼくに電話をかけてくるんだ。ぼくと無駄ばなしをしていると、眠くなるから、って！」

「そういうのって、友だちっていえるの？」

「わからん！　ハラさんは、ひと助けが趣味なんだよ！」

11・おとうさんと夜に

夜だった。おかあさんはもう眠っていた。二段ベッドの下でキイちゃんも眠っていた。ぼくは、なかなか眠ることができなかった。いろんなことが頭に浮かんできたから。

仕方がないから、頭の中のポケモンの数を数えてみることにした。

ポケモンのフシギダネが一匹、フシギソウで二匹、フシギバナで三匹、メガフシギバナで四匹……ワンリキーで四百二十二匹、ゴーリキーで四百二十三匹……ダメだ、みんな種類がちがうんで、逆に目が冴(さ)えてきちゃったよ！

ぼくはベッドから降りた。キイちゃんのパジャマがめくれてお腹がでている。それから、キイちゃんは親指をくわえたまま、静かに眠っている。それはキイちゃんの癖だ。よくみると、キイちゃんはくわえた指をチューチューすっている。夢の中でおっぱいを呑んでいるのかな。

ぼくは階段を下りて、おとうさんの書斎の前までいった。午前〇時だ。

ぼくはドアをノックした。

「だれ？　ランちゃん？」

「うん、そうだよ。ちょっと入っていい？」

「いいよ。どうぞ」

おとうさんの両手はキイボードの上に置かれていた。なにかを書いている最中だったんだ。

「ごめん、なにか書いていたの？」

「気にすることはない。もう少しで終わるところだったんだ。そうだな。あと、四分四十五秒ほど、その椅子に座って待っててくれるかい？」

「いいよ」

それからおとうさんはパソコンの画面に向かい、また手をキイボードの上に置き、なにかの仕事をつづけた。


「オーケイ」おとうさんはいった。そして、ぼくのほうを振り向いた。

「いまは午前〇時十分ぐらいだ。きみのような少年が起きているのにふさわしい時間じゃない」

「ごめんなさい。でも、いろいろ考えていたら、眠れなくなっちゃった」

「わかった。そういうことはあるからね」

「ねえ、おとうさん」

「なんだい？」

「いま、小説を書いているの？」

「そうだよ」

「その小説には、たくさんのひとたちがでてきて、おとうさんは、そのひとたちを自由にあやつっているわけだよね。そういうとき、神さまになった気分がする？」

「まず、残念なことに、おとうさんが書いている小説の中のひとたちを自由にあやつっているわけじゃない。そのひとたちは、勝手にしゃべったり、勝手にどこかにでていったりするので、おとうさんは、いつもびっくりしている、というわけだ。では、神さまについてはどうなのか。神さまがどういう気分なのか、おとうさんにはわからないけど、おそらく、彼が……彼女かもしれんが……つくったものたち全部のおしゃべりや行動を完全にコントロールしているとは思えない。だって、いくら神さまだって、そんなの疲れるだろうし、だいたい、おもしろくもなんともないじゃないか。その意味では、神さまになった気分なのかも。以上だ」

「この前、学校に、知らない子どもがいたんだ。その子はおかあさんと一緒に、ハラさんに会いにきた。面接を受けにね。でも、面接には受からなくて、その子どもとおかあさんは、帰っていった。その子どもは、三重国籍で、ちっちゃくて、おそらく発達障害で、いつも思ったことが口にでてしまうので、友だちがいなくて、ぼくが一言しゃべる間に、その三十倍はしゃべるんだ。その子どもが面接に落ちたのは、その子どものおかあさんがシングルマザーで、貧しくて、心療内科に通っていて、秘密があって、三回も救急車で運ばれたからかもしれないし、

『勝ち組』になりたいと思っていたからなのかもしれない。どちらにしても、その子どもは、おかあさんの手を引っ張って帰っていったんだけど、その子どもは、とてもいい子で、最後に走ってぼくのところにきて、名前を教えてくれたんだ。マイケル・キヨミヤ、って。で、キヨミヤくんは、ふつうの学校にいってふつうに生きていく、って。おかあさんを捨てることができないから。でも、ぼくは、キヨミヤくんこそ、うちの学校にくるべきだって思った。それから、友だちになりたかったって思ったんだ」

「よろしい。その……キヨミヤくんと、他には、どんなことをはなしたんだい？」

「キヨミヤくんは……、ぼくたちがつくる『くに』の『こく民』になれるかい、ってきいてきたから、なれるよ、って答えた」

「なるほど。で、きみは、キヨミヤくんのことをどう思ったのかな。いや、別の質問をしよう。きみは、キヨミヤくんのことを好きかい？」

「うん。すごく、いい子だと思う。ぼくは、キヨミヤくんのような子は好きだよ」

「よろしい。では、きみたちは、友だちになったたってわけだ」

「えっ！　そうなの？　初めて会っただけで、これからも会えるかどうかわからないのに？」

「おとうさんの考えでは、きみとそのキヨミヤくんには似たところがあった。一見、ずいぶんちがうのかもしれないが。きみとキヨミヤくんは、その似たところを通じて、理解しあった。友だちというのは、理解しあう関係にあるにんげんのことだ。だから、きみたちは、もう友だちになった、というわけだ。毎日会うから友だちというわけじゃない。楽しそうにおしゃべりするから友だちというわけでもない。たった一回しか会わなくても、友だちになれるし、それどころか、一回も会わなくても友だちになることだってできる」

「えええっ！　ほんとに？」

「そうだよ。そこの本棚をみてご覧。ほら、たくさん本があるだろう。あそこには、おとうさんの友だちも先生もいるんだよ」

「本が『友だち』ってこと？　そうなのかなあ。ぼくにはよくわからない。でも、いつも思うんだけど、こんなにたくさん本があって、おとうさんはこの本を、ぜんぶ読んだの？」

「まさか！　もっている本をぜんぶ読むなんて、本が好きなにんげんは、そんなことはしないよ。絶対にね！　そこには、読んだことのある本もあるし、読みかけの本もある。それから、いつか読みたいと思って、とってある本があるし、たぶん読まないだろうけど、その本があるとなんだか安心できるので置いてある本もある。そう、それから、絶対読まないだろうけど、なんとなくもっていたい本もね」

「無駄が多いね」

「無駄ではないんだよ。おとうさんは、その本たちが大好きなんだ。それを読むにしろ、ただ置いてあるだけにしろ。で、しょっちゅう、その本たちのどれかとはなしをしている。でかけていって、それを書いたひととはなしこんでいる。重要なのは、その本を書いたひとたちとは、実際には一度も会ったことがないってことだ。というか、その本棚の本を書いたひとたちは、みんな、とっくに死んでいるということだ」

「そうなの！　死んだひとばっかり？　こわくないの？」

「こわくなんかないよ。どちらかというと、おとうさんは、生きているにんげんのほうがこわいんだよ。おとうさんは、だいたい、毎日、その本棚の中にいるだれかとはなしをしている。その『ひと』たちのいうことは、どれも、たいへん立派だし、たいへん有益だ。もっとすごいのは、おとうさんのはなしをじっくりきいてくれる、ってことなんだ」

「おとうさん、また変なことをいうね。おとうさんが、そのひとたちのはなしをきく、っていうのはなんとなくわかるけど、そのひとたちがおとうさんのはなしをきいてくれる、っていうのはウソだと思う。だって、そのひとたちは死んでるんでしょ。っていうか、ただの文字なんじゃないの！」

「おとうさんは、その本たちに会いにいく。それでもって、その本たちがはなしをしてくれることに耳をかたむける。でも、同時に、おとうさんも、おとうさんの意見や考えを、その本たちに向かってはなしているんだ。壁に向かってはなしているんじゃない。その本たちが、おとうさんの考えに、きき入ってくれているのがわかるんだよ」

「書いてあることはいつも同じでしょ？」

「とんでもない！　会うたびに、ちがうことをいってくれるのさ。ふつう、生きているにんげんは、同じことしかいわないのに、死んで、本の中だけでしゃべってくれるひとのほうが、いつもちがったことをいってくれるんだよ」

「そうなのかなあ。ぼくが同じ本を読むときは、いつも、同じことしか書いてないみたいだけど」

「それは、きみが、まだ読み方を知らないからだ。というか、本の中にいるひとたちとの付き合い方がわからないからだよ。なにしろ、もう死んでいるひとたちだから『起こす』のがたいへんなんだ。生きているにんげんよりずっとたいせつに扱わないといけない。でも、きちんと『起きて』くれたら、あのひとたちよりおもしろい連中はどこにもいないね」

「そのひと……本なのかな、わかんないけど……そのひとたちはキヨミヤくんとは関係ないでしょ。キヨミヤくんは、ほんとうに生きているにんげんだよ」

「そんなことはない。仮に、きみがもう二度と、キヨミヤくんと会うことがないとしよう。でも、きみは、いつでもキヨミヤくんに会いにいけるんだ。どうしてかっていうと、キヨミヤくんは、きみの中でたいせつなひとになった。なにかあると、そのたびに、きみは『きみの中のキヨミヤくん』に会いにいく。そして、その『キヨミヤくん』とはなすことになる。おそらく、その『キヨミヤくん』は、そのたびにきみにちがったことをいってくれるだろう。本の中のひとたちと同じにね」

ぼくは考えた。おとうさんのいうことは難しい。ちょっとね。でも、なんだかわかるような気がする。ぼくは、これから、キヨミヤくんに会うことがないとしても、きっと、なん回もキヨミヤくんのことを考える。そして、そのたびに、ぼくの「くに」のこく民になりなよ！っていいたくなる。なぜだかわからないけどね。


「おとうさん」

「なんだい？」

「『くに』ってなに？」

「おやおや。きみは、友だちと、その『くに』をつくっている最中じゃないのかい！」

「そうなんだけどね。ときどき、わからなくなるんだよ」

「それでいいと思うね。わからないからつくってみる、っていうので。ランちゃん、昔は『くに』なんかなかったのは知ってるね？」

「うん。理想先生がそういってた」

「じゃあ、最近まで、『くに』がなかった、ていうのは？」

「ええ？　そうだっけ？」

「そうだよ。ぼくたちの国ができて、まだ百五十年ぐらいしかたってない。おとうさんのひいおじいさんは、江戸時代に生まれてるから、その頃には、この国はなかった。ひいおじいさんが知っている『くに』というのは、もっとずっとちいさな、県よりもちいさい広さしかないところだった」

「知ってる！　『藩』っていうんだよね」

「たいせつなのは、『くに』というものは、あるとき、ひとが人工的につくったものだ、っていうことだ。ひとがなにかを人工的につくるのには、なにか理由がある。だとするなら、また別の理由ができたら、別のなにかを人工的につくる。それだけのことだ。きみは、きみの思うような『くに』をつくればいいんじゃないかな」

「でもね、『くに』をつくるのはたいへんなんだよ。憲法でしょ、法律でしょ、議会に、こく民に、外交に、軍隊……はいらないけど……」

「もしかしたら、『くに』をつくるのはたいへんなんだ……って思わせられているだけかもしれないね。きみがいまいった『くに』は、おおきめのサイズの場合じゃないかな。それも、最近のね。大昔、『くに』はなかった。なん千年かたって、『くに』はできたけど、いまより、もっと適当だった。それに、いまよりずっとサイズもちいさかった。昔は、借金をしたひとやいろんな犯罪をおかしたひとが、逃げこむと、借金取りや警察も入ることができないお寺や大学があった。それはどれも、要するに、ちいさな『くに』で、そういう『くに』は、たくさんあったんだ。『くに』は、あらゆるところにあって、おおきな『くに』のいうことなんかきかなくてすんだ。いまでは、みんな、そんなことを忘れてしまったんだね。ランちゃん、ご覧」

そういうと、おとうさんは、パソコンの電源をオンにした。ディスプレイが明るくなり、なにか文字みたいなものが浮かんだ。

「おとうさん、それは、なに?」

「いま、おとうさんが書いている小説だよ。そして、これが、おとうさんがいまつくりつつある『くに』ってわけだ」

「小説、って『くに』なの！　知らなかった！」

「ここには」そういって、おとうさんは、ディスプレイを指さした。

「一つの世界がある。われわれが生きている『くに』とはちがった世界だ。よく似ているけど、細かいところはぜんぜんちがう。それから、もっと大事なのは、この『くに』には、他の『くに』とはちがう『憲法』があるってことだ」

「すごい！　どんな『憲法』?」

「たとえば、『月末の締め切りになったら、なにかをしている最中でも、おはなしは終わらなければならない』とかね。それは、冗談だけど、小説ごとに、つまり『くに』ごとに、ちがった『憲法』があるんだ。たとえば、この小説では、『この「くに」で暮らすものは、懸命に生きなければならない』とかね。『他人のいうことを理解しようと努めなければならない』とか」

「でも、それは、おとうさんが決めたんでしょ」

「ある意味ではね。確かに、おとうさんは決めたけれど、それに従うのは、この『くに』で生きている『国民』なんだ。そして、彼らには、彼らが従わなければならない『憲法』を吟味し、判断し、ときには変える権利がある。そういうわけで、おとうさんも、完全には自由にすることができないんだ。そして、この『くに』の住民たちは、自分たちの『くに』がつくられたものであることを知らない。まるで、ずっと前から、『くに』があって、それが自然であるような気がしている。ちょうど、ぼくたちがそうであるようにね。こうやって、長い間、一つの小説を書いていると、そこに住んでいるひとたちのことが、生きている、現実のにんげんより、よく知っているひとみたいな気がしてくるんだよ」

「それ、どんな小説なの？」

「そうだね。おとうさんみたいなひとや、ランちゃんやキイちゃんみたいな兄弟や、ハラさんみたいなひとや、あの学校みたいな学校がでてくる小説だよ」

「なんだ！　現実と同じじゃないの！」

「そうじゃないよ。現実と同じじゃ小説にならない。だから、おとうさんは、現実の『憲法』とはちがう『憲法』がある『くに』をつくったんだよ」

なんだかすごく不思議な気がした。ぼくは、ちいさな壁の中に閉じこめられていて、その壁の向こうから、だれかに覗(のぞ)かれているような感じだ。

「おとうさん、いろいろありがとう。仕事中に邪魔してごめんね」

「かまわないさ」

「ねえ、おとうさんの、あの『友だち』の本棚から、本を借りていっていい？」

「いいとも」


ぼくは、本棚をみまわした。そこには、たくさんの、おとうさんの（もうとっくに死んでしまった）「友だち」がいた。きっと、みんな、いい「ひと」たちなんだろうな。ぼくは、そう思った。ぼくは一冊の本を手にとり、それから、頁をパラパラとめくってみた。そして、おとうさんに、こういった。

「ねえ、おとうさん。これ、おもしろい？」

「本をおもしろいものにできるかどうかは、きみ次第なんだが、でも、おもしろいと思うね」

「わかった。じゃあ、これ、借りていくね。おやすみなさい」

「おやすみ」


ぼくは、おとうさんの書斎をでた。今日はもう寝ることにしよう。この本を読むのは明日だ。

『孤独な散歩者の夢想』ジャン＝ジャック・ルソー。

12・公衆道徳を守りましょう

　おかあさんとショウナンシンジュクラインに乗ったときのことだった。カマクラでは座れたけれど、オオフナまでくると、席はみんなふさがってしまった。次のトツカで、お腹のおおきい女のひとが乗りこんできた。もちろん、ぼくはすぐに席を立った。おかあさんにいわれるまでもなくね。

「座ってください」ってぼくはいった。

「ありがとうございます」

　そういって女のひとが座ろうとしたとき、そのあとから電車に乗りこんできたおじさんが、女のひとを押し退けて、ぼくが譲った席に座ってしまったんだ。おじさん、というか、サングラスをして日焼けをして、パーマ……パンチパーマ?……で、派手な上着を着ていた。もしかしたら、ヤクザさんなのかも、とぼくは思った。

　女のひとは、ちょっと困ったような、悲しそうな顔をした。ぼくは、どうしたらいいのかな……いや、わかってるんだ。ぼくは、ちらりと、その、ヤクザっぽいおじさんの隣に座っているおかあさんの顔をみた。おかあさんは、ぼくの顔を、マジメな顔つきでみていた。んだよねえ……。こんなときには、おかあさんが女のひとに席を譲ればいいのかもしれない。それで「円くおさまる」わけだから。でも、おかあさんは席を譲らない。譲っちゃいけない。おかあさんは、そういう顔をしている。そういう顔つきでぼくをみている。だって、それでは、このおじさんが悪いことをしたのに、そのまま許されてしまうからだ。ついでにいうと、ぼくの家の憲法にはこう書いてある。

「一・弱いひとがイジメられているのを黙ってみすごしたら、死刑」

死刑にはなりたくない！　マジで。だから、ぼくは、そのおじさんの前に立った。ちょっと……いや、すごくこわかったけれど、頑張って、できるだけ丁寧にこういった。

「すいません。その席は、ぼくが、その女のひとに譲ったんです。その女のひとは、お腹に赤ちゃんがいて、立っていると疲れるから、座らなきゃならないからです。申し訳ありませんが、立っていただけないでしょうか」

おじさんは、こわい顔になり、ぼくを睨みつけた。でも、ぼくは、そんなにこわくなかった。家で死刑になるほうがずっと恐怖だ。

「もう一度いいます。ぼくは、この女のひとに譲ってあげたのだから、どいていただけないでしょうか」

「一・お願いをするときは、できるだけ丁寧なことばを使う」

「うるせえ！」

そういって、おじさんは、ぼくの胸を乱暴についた。ぼくはそのまま、ドシンと床にしりもちをついた。

ヤバい！　ぼくは心の中で叫んだ。ほんとに、ヤバい、ヤバすぎるよ。これじゃあ、おかあさんがキレちゃう……。

「イタタタッ！」

おじさんが呻いた。ぼくは、ちょっとの間、目を閉じていた。平和な世界はもう二度とこないだろう。なんだか、そんな気がした。もっと、子どもっぽい遊びをしてるんだった。「くに」をつくる、とかじゃなくて。鬼ごっこをするとか。これから、ぼくは、戦乱の世界を生きてゆくしかないんだ。

目を開けると、世界は変わり果てていた。おかあさんが、おじさんの耳をひねりあげていたんだ。そして、ひねりあげた耳に向かって、おかあさんが低い声で、こんなことをいっていた。

「公衆道徳を守りましょう……公衆道徳を守りましょう……弱いひとをイジメてはいけません……妊婦、子ども、老人、障害のあるひとたちにはやさしく接しましょう……公衆道徳を守りましょう」

「なに……すんだ、おめえ、変な宗教かなんかにはまってんじゃないのか、このブス！」

そのおじさんは、耳を摑(つか)まれたまま、なんとか反撃しようとして、おかあさんの胸をついた。ほんとうにバカだな、このおじさん。なにも知らないんだ、おかあさんのこと。確かに、おかあさん、外見はすごく弱々しいから……。

気がつくと、おかあさんはおじさんの胸にトガッたものを突きつけていた。

右手にトガッたもの、左手はおじさんの耳を摑んだままだった。どうもおじさんは、なにが起こっているのかわかってないみたいだった。そのトガッたものっていうのは氷を割るためのアイスピックだった。でも、おとうさんはウィスキーは呑まないし、おかあさんはウィスキーをオンザロックで呑むけど、コンビニで最初から割れてる氷を買ってるから、そんなものいらないはずなんだ。

おかあさんは、いつの間にか、そのおじさんの正面に中腰になって、アイスピックの柄を自分の胸にあてて押しつけた。おじさんが悲しそうにいった。

「イタタッ……ほんとに、やめろ……あ、あぶない……」

おかあさんは、おじさんの耳に今度はこういった。

「妊婦に席を譲らないばかりか、オレの子どもを突き倒しやがって……マジ殺すぞ」


なんていうんだろう。ぼくは、そのおじさんのことがちょっと気の毒になった。おじさんには悪気がなかったのかもしれない（そんなわけないよね）。

最近、仕事はうまくいかないし、奥さんからは「あんた、最近、稼ぎが少ないわよ。ヤクザやってんだから、せめて金ぐらいもってこないと」っていわれて、それだけじゃなくて、マックで「エグチセット」を買ってアイスコーヒーを頼んだのにミルクが付いてなくて、ムシャクシャしていて、ふだんなら、「カタギ」のにんげんには「インネン」をつけたりしないのに、つい出来心で、やっちゃっただけなのかもしれない。

とにかく、おかあさんにケンカを売るなんてどうかしてる。それだけは確かだ。でも、知らなかったのはおじさんの責任だけど。

おかあさんは、さっと、アイスピックの先を、今度は、おじさんののどに当て、グイッと押した。アイスピックの先に、ちょっと血がにじんでる。おかあさん、ってば……。

「いた……い……た……やめて……」

おかあさんは、ニッコリ笑って、こういった。

「公衆道徳を守ってくださる?」

「……守り……ます……」

「じゃあ、次の駅に着いたら、そのままうしろをみずに、走ってでてゆくこと。一度でも振り返ってみろ、いいかテメエ、追いかけて、背中から刺すぞ! 絶対に! おわかりになりました?」

「……わかりました……」

駅に着いた。おかあさんはアイスピックを下ろした。男のひとはぜんぜん動けなかった。

「ほら、走れ!」

「はい!」

おじさんは、ピョコンと人形みたいに立ち上がると、ダッシュでショウナンシンジュクラインからでていった。たぶん、最初の三十mはウサイン・ボルトより速かったんじゃないかな。

おかあさんは、びっくりしすぎて固まってしまった女のひとにこういった。

「ごめんなさい。脅かしちゃって。良かったら、座ってください。この席。それから」そういって、今度は、ぼくにちょっとこわい声でこういった。

「ランちゃん、おとうさんには内緒よ」

「うん……いや、はい、おかあさん！」

13・ママ、アイ・ラブ・ユー

おかあさんが、ぼくの前でやってみせた、アイスピックの二度刺し（刺してないけど）は「1・2（ワン・ツー）の法則」っていうんだそうです。

まず、アイスピック（ナイフでもいいみたい）をいきなり胸（心臓の真上がベスト）に突きつけます。そしてギュッ、と押す。少し血がにじむくらいがいいそうです。そこまでが1（ワン）。そして、次に、カンパツをいれずに、その先っちょを、真っ直ぐ上に向ける。そして、のどに当てて、押しこむ。それが2（ツー）。あまり強く押しこむと、ほんとうに刺さって死んでしまうので、気をつけてください。

そこまでやって、その相手のひとに「押し殺したような声」で、「うしろを振り返らずに走れ。一度でも振り返ったら、**追いかけて刺すぞ**」というのがコツなんだそうです……。そうすると、どんなにこわいヤクザさんでも、絶対に振り返らず逃げる。というのも、最初の1（ワン）で、そのひとはビビッてしまい、死ぬかもしれないと思っているので、次の2（ツー）の威力がすごくなるんだそうです。そーなんだ……勉強になる……っていっていいのかなあ。こんなこと、学校では教えてくれないし。

このことをぼくに教えてくれたのは、おかあさんの友だちのFちゃんです。おかあさんの「女子会」に連れていかれたとき、おかあさんがトイレにいってる間に、Fちゃんが、勝手に、ぼくにいったんです。ぼくがむりやりききだしたわけじゃありません。ほんとうです‼


「ランちゃん、おかあさんから『1・2の法則』、教わった？」

「えっ、なに、それ？　ぼく、きいてませんよ」

そしたら、Fちゃんが、詳しく教えてくれたんです。その法則は、おかあさんが「経験から編みだした」もので、おかあさんの友だちに「広く共有され、たいへん役に立つ、と感謝されている」みたいです。


「んじゃあ、『ジャンピング・ジャック・フラッシュ』は？」

「なに……それ」

「えっとね、それも、おかあさんが、おかあさんの親友と一緒に開発したの。ケンカしてる相手に謝るふりをして、頭を下げながら、頭をスイングさせて、相手の鼻に思い切り頭突きするの。ジャンプすると、すっごく効果的。鼻血がでて、一時的に呼吸困難になって、完全に戦意喪失よ。ウケるよね！」

別にウケないけど……。でも、それ以上詳しいはなしは、おかあさんがトイレから戻ってきたのできけませんでした。

それから、ぼくは、おかあさんの友だちから、少しずつ、おかあさんのはなしをきくようになった。もちろん、用心しながらだ。そんなことがバレたら、おかあさんがなにをするかわからない。

おかあさんは「シブヤのセンター街ではだれひとり知らない者はいなかった」し「ショウナン一帯でも有名だった」し「タイマン（どうやら、一対一でケットウすることみたい）で負けたことは一度もなかった」ひとで、それどころか「伝説的な一対八のバトルで勝った」らしい。なにより「友情と信義をたいせつにして」いて、だから「友だちのためにヤクザさんを刺した」（！）ことや「監禁された友だちを奪い返しに、アイスピック（！）をもって倉庫に乗りこんだ」こともあったみたいだし、それどころか「監禁されたとき」も「隠しもったアイスピックで、例の『1・2の法則』を使って脱出したり」もしたのだそうです。おかあさん……。

「それから、男関係も……ああ、ランちゃんにはまだはやいわよね、このはなし」

って、ものすごく気になるんだけど。

ぼくは、おかあさんの友だちがはなしてくれる（酔ってるとき限定。酔ってないときは、みんな

「口がかたい」です）、おかあさんのはなしが好きだ。

そこにいるおかあさんは、ぼくの知っているおかあさんとは、ぜんぜんちがう。ぼくの知ってるおかあさんは、体が弱くて、しょっちゅう寝てる。そして、マスクをして（風邪をひきやすいから）、マンガを読んだりしている。最近は、ダイエットのために、朝と昼は、ジュースみたいなものばかり呑んでる。それに、とてもやさしい……ああ、でも、そうじゃないかも。ちょっと気を抜くと、パンチがでるもんね。目にもとまらないぐらい速くて、ズシンとくるやつ。それに、おかあさんは、おとうさんの前では隠しているけど、ときどき、「本気」になる。この前の、ショウナンシンジュクラインのときみたいに。

おかしいなあ。おかあさんは、おとうさんみたいな「平和主義」のひとと、どうしてケッコンしたんだろう。ぼくにはまるでわからない。

キイちゃんはよく「ねえ、どうしてケッコンしたの？」って、きいてる。おとうさんにも、おかあさんにも。ふたりが一緒にいるときにも。

「どうしてだっけ？」っておとうさんはいう。

「忘れちゃった」っておかあさんはいう。そういってから、「ランちゃんやキイちゃんが、もっとおとなになったら教えてあげるね」って付け加える。そして、おまけに「たぶんね」っていうんだ。

ぼくは、おかあさんのことを、ほんとうには知らないのかもしれない。もちろん、おとうさんのこともだ。

ときどきだけれど、ぼくは、おかあさんはおかあさんの役を演じてるんじゃないか、って思うことがある。そして、おとうさんも、おとうさんの役を演じてるんだって。ぼくだって、ちょっとは、そうかもしれない。「ランちゃん」という役を演じてる。そんな気がする。みんな、気のせいなのかな。

じゃあ、キイちゃんは、どうなんだろう。

キイちゃんは、ちっちゃい頃、重い病気になった。ぼくもうっすら覚えてる。死んだようになって動かないキイちゃんを抱きかかえて、おとうさんは病院へ連れていった。そして、キイちゃんは、しばらく入院していた。

退院してから、しばらくの間、キイちゃんはヘルメットをかぶっていた。歩いていてもすぐに転ぶからだ。キイちゃんは、まるで、壊れたロボットみたいだった。一歩、二歩、コテン。起き上がる。一歩、二歩、三歩、ヨロッ。また転ぶ。そんな感じだった。キイちゃんの頭からヘルメットがとれたのは、それから半年ぐらいたった頃だ。

いまでは、キイちゃんはすごくふつうにみえる。でも、キイちゃんがなにもかもゆっくりしかできないことは、みんな知っている。

そう、それから、キイちゃんは、なんでも神経のどこかがきちんとつながっていなくて、うまくできない動作がある。キイちゃんは、ペットボトルのフタがなかなか開けられない。体はおおきいのに、幼稚園の子どもでもできるようなことができない。

「ねえ、ランちゃん。フタ、開けてくれる？」

よく、キイちゃんは、ちいさい声でぼくにいう。おとうさんやおかあさんがいるときなら、おとうさんやおかあさんが黙って開けておいてくれるけど、そうじゃないときは、キイちゃんは自分で開けなくちゃならない。そして、うまく開けられないんだ。

ぼくがキイちゃんのためにペットボトルのフタを開ける。それをみているときのキイちゃんは、さびしそうだ。なんだかとても。

そのとき、ぼくはいつも、キイちゃんはどんなふうに感じているんだろう、って思う。でも、きくことはできない。

キイちゃんはすごくいい子なんだ。ぼくは、キイちゃんのお兄さんだから、よく知ってる。キイちゃんは、ほんとうにやさしい。絶対に怒らない。いつだってニコニコ笑っている。一年生が入学してくると、キイちゃんは、いつも遊んであげる。一年生でも、寮に入らなくちゃならない子どもは、最初はたいへんだ。

寮に入った一年生たちは、だから、ずっとヒヨコみたいにピーピー泣いている。朝も晩も。

特に、夜、寝るときに。「おかあさーん！」とかいうんだよ。わかるよね、その気持ち。

キイちゃんは、そんな、泣いている一年生の相手をしてあげる。頭を撫でたり、変な顔をして笑わせたり、追いかけっこをしたり。ときには、一緒にマンガを読んであげたりする。

キイちゃんの周りには、いつも、一年生がいる。背の高いキイちゃんの周りを、ちっちゃな、まるで赤ちゃんみたいな一年生がついてまわる。そういうときのキイちゃんは、子どもたちを連れて歩く「ハーメルンの笛吹」みたいだ。いや、一年生たちが、ガリバーかゴジラ（古いほうね）のあとをついてゆくにんげんみたいなんだ。

でも、少し時間がたって、一年生たちが学校にも慣れて、背もちょっと高くなって、いろんなことを覚えてくると、みんな、キイちゃんから離れてゆく。

なんていうか、みんな、もっとおとなっぽいものをみつけるからだ。そして、キイちゃんは、いつまでも「子ども」みたいだからだ。

気がつくと、キイちゃんは、ひとりでいる。ひとりで、校庭の隅にあるブランコに座っている。ブランコに座って、どこか遠くをみている。富士山がみえるけど、それじゃない。他にもたくさん山があるけど、キイちゃんがみているのは、それらのどの山でもない。

ぼくがみているものとはちがうものをキイちゃんはみている。たぶん、そうなんだ。

それから、キイちゃんはことばの数が少ない。いつも黙っていて、ときどき、ポツリとつぶやく。そして、また黙る。

　黙って、ちっちゃい子どもたちと遊ぶ。ちっちゃい子どもたちがいなくなると、ブランコに座ったり、ジャングルジムの上にひとりで乗って、どこか遠いところを、いつまでも眺めている。でも、たくさんことばをしゃべるひとよりも、キイちゃんのいうことのほうがいい感じがする。いや、なんていうのかな、深い感じがするんだ。


「たべるために生きてるの？　それとも生きるためにたべてるの？」とか、

「歯が抜けたんだね。おとなへの階段をのぼったってことだよ」とか、

「しょせん、テレビの中のできごとだよ」とか、

「うわべだけだよ」とか、

「木って、退屈じゃないのかな。いつも同じところにいて」とか。


　キイちゃんがなにかをいうたびに、ぼくはドキッとする。そして、キイちゃんはなんでも知っているような気になる。だれよりもね。

　ときどきだけれど、キイちゃんのほうがぼくよりずっとおとなみたいな気がする。ぼくにはわかる。でも、たいていのひとは、キイちゃんのことをかわいそうだって目でみる。ちょっとバカにしたような感じで。

みんな、キイちゃんのことがわからないんだ。でも、ぼくはわかっているだろうか？　ぼくにだってわからない。キイちゃんが「ランちゃん、フタ開けてね」っていって、ぼくにペットボトルを渡すとき、ぼくはいつも、キイちゃんになにかをいわなきゃ、って思う。さびしそうな顔のキイちゃんをみていたくないので、笑ってもらえるようなことをいいたい、って思うけれども、なにもでてこない。そして、キイちゃんは、いつだってひとりで、ブランコに座ってるんだ。

キイちゃんだけは、キイちゃんの役を演じているんじゃなく、そのままのキイちゃんのような気がする。もちろん、ぜんぶ、ぼくがそう思っているだけなんだけれど。

おかあさんのことやキイちゃんのことを考えると、ぼくはわからなくなる。もちろん、おとうさんのこともだけれど。そういうとき、ぼくは、おとうさんのところにいく。いつきてもいい、っておとうさんはいってくれるから。

「入っていい？」

ぼくは、おとうさんの書斎のドアをノックして、それから、少し開けて、そういう。

「いいよ」

パソコンに向かっていたおとうさんは、ぼくに体を向けて、そう答える。おかあさんは薬を呑んでもう寝てしまった。キイちゃんは、いつもみたいに指をくわえて、深い夢の中にいる。

「ごめんなさい。仕事の邪魔をして」

「気にすることはない。きみとはなしをすること以上にたいせつなことはないからね。さて、どうしたんだい？」

「おとうさん」

「なんだい？」

「おとうさん、どうして、ぼくにそんなによくしてくれるの？」

「さて、どう答えていいものやら。なぜ、そんなことを思ったのかな」

「おとうさんは仕事で忙しいでしょう？　ずっと、そうやってパソコンに向かって、なにかを書いてる。それから、いつも、だれかから連絡がきて、『もう少し待ってください』っていってるでしょう。ぼくに付き合う暇なんかないんじゃないかな」

「わかった。なにごとにも優先順位がある。確かに、わたしは仕事をしなきゃならん。それは、家族を養うためでもあるし、わたしがやりたいからでもある。他にも、わたしにはやらなきゃならないことがあるし、やりたいこともある。腰痛体操をしなきゃならないし、電気料金を支払うためにコンビニにいかなきゃならない。送られてきた本の中には、読みたい本もあるし、読まなきゃならない本もあるし、読んだふりをしなきゃならない本もある。生きている間中、ずっとなにかをやらなきゃならないわけだ。まあ、やってるふりだけでいい場合もあるんだが。だが、いちばんたいせつなのは、家族のだれかからはなしをしたいといわれたら、それに応えることだ。それ以上にたいせつなことは、この世にはないと思うね、おとうさんは」

「ありがとう、おとうさん。おとうさんは、いいひとなんだね」

「そういうわけではないと思うが、そう思ってくれるなら、ありがたいね」

「ねえ、おとうさん」

「なんだい?」

「おとうさんは、ぼくのことをわかってる?」

「ある程度はね」

「ある程度って?」

「きみの好きなこと、好きなテレビ番組とか。それから、きみが、ちいさい頃、どんなふうにことばを覚えたかとか。まあ、数え上げてゆくことができることはたくさんあるね。でも、同時に、わからないこともたくさんある。わたしが知らないところで、きみがなにをしているのか。なにがあったのか。そこでなにを学んだのか。その他いろいろだ。要するに、わかることも、わからないことも、わかるような気がすることも、わからないような気がすることも、わかっているつもりでもぜんぜんわかってないことも、わからないと思っているけれどじつはけっこうわかっていることもある、ってことだ」

「おかあさんのことは？」

「それもきみと同じだね。というか、きみよりもおかあさんのことのほうがわからないことが多いだろうね。おとなのほうが、少しだけ、子どもより複雑にできているからね。まあ、ほんの少しだけなんだが」

「だって、おとうさんは、おかあさんと長く付き合っているでしょう？」

「そうだね。でも、付き合えば付き合うほど、わからなくなるよ」

「ねえ、おとうさん。正直にいうね。ぼくは、ときどきこわくなることがあるんだ。おとうさんの顔をみていると、このひとはだれなんだろう、って思うことがある。おとうさんは知っているひとなのに、おとうさんが他のひとではなしているときとか、それから、難しいから、あまり読まないけど、おとうさんの書いたものを読んだりすると、そこにいるのは、ぼくの知らないおとうさんなんだ。だから、ときどき、このひと、だれなんだろう、って思うんだよ。でも、それは当たり前だよね。だって、おとうさんはおとなで、ぼくの知らないこともたくさん知ってるから。ぼくがこわいのは、そのことじゃないんだ。おとうさんが、ときどきボンヤリして、窓の外をみてたりするでしょ。そのとき、おとうさんは、ふだんみたことのない顔になるんだよ。そこに、ぼくがまるで知らないひとがいる、って感じになる。それが、ぼくにはこわいんだ。おかあさんもそうだよ。おかあさんはやさしい……そうじゃないときもあるけど」

「確かに」

「おとうさん、そこでアイヅチをうたないで」

「すまん」

「おかあさんのことをわかってると思ってるけど、そうじゃないのかもしれない。おとうさんと同じで、おかあさんのことを、ほんとうはぜんぜん知らないのかもしれない。おかあさんは、ぼくやキイちゃんのおかあさんの役をしてくれているだけで、『ほんとうのおかあさん』はぼくの知らないところにいるのかもしれない。そう思うと、ぼくは、ほんとうにこわくなるんだ」

「なるほど」

おとうさんは、なにもいわない。なにもいわずに、ぼくにはなさせてくれる。おとうさんは、なにかをいってくれるときと、なにもいわずに、ただぼくのはなしをきいているだけのときがある。そういうときは、たいてい、ぼくがはなしながら考えているときなんだ。


「ぼくは、ほんとうにわからなくなるし、こわくなるんだ。だって、ぼくとおとうさんとおかあさんとキイちゃんは『家族』で、『家族』より親しいひとたちはいないのに、もしかしたら、そのひとたちのことを、ほんとうはよく知らないのかもしれない。でも、どうしてなんだろう……おとうさん、ぼく、不思議なんだ」

「なにが、不思議なんだい?」

「ぼくは、おとうさんもおかあさんも、キイちゃんのことも大好きで、おとうさんやおかあさんやキイちゃんもぼくのことが好きだって知ってる。ずっと前にね、おとうさんとおかあさんがはなしていたことがあったんだ。ぼくは、寝たふりをして、きいてた。テレビで、子どもを殺されたひとのことをはなしていて、おかあさんが『あたしなら、そんなやつは、裁判で死刑になんかさせない。絶対、自分で捕まえて、自分で殺す。ねえ、そしたら、あたし、刑務所に入るから、あとは頼むわ』っていったら、おとうさんも『いや、ちょっと待って、ぼくが殺すから、きみが残りの子どものめんどうをみてください』っていったでしょ？」

「はて、そんなことをいったっけ？」

「いったんだよ。ひとを殺すのはいけない、っていつもいってるのにね。でも、ぼくたちのことを、そんなふうに思ってくれて、ありがとう。そう、それでね、そのことはわかってるのに、ぼくたちをほんとうにたいせつに思っていてくれているのはわかっているのに、ぼくは、そのおとうさんやおかあさんやキイちゃんのことがわからないのかもしれないんだ。ねえ、おとうさん、ぼくは、ほんとうにいつも考えるんだけど、ぼくが、おとうさんやおかあさんやキイちゃんのことがわかる日がいつかあるんだろうか。たぶん、ないんじゃないかな、って、ぼくは思うんだよ。でも、わからなくてもいい、ってそんな気がする。そのことより、もっとたいせつなことがあるんじゃないかな、って」

「ランちゃん」

おとうさんは静かに、そういった。いつもは、おとうさんはぼくのことを「きみ」って呼んでくれる。でも、ときどき、ほんとうにときどきだけれど、「ランちゃん」って呼ぶことがある。それは、特別なときだけなんだ。

「いま、きみは、知らないのに、わからないのに、大好きだっていったね。それは、ほんとうは、わからないのに大好き、なんじゃなくて、わからないから大好きなんだとおとうさんは思うんだ」

「わからないから、大好きなの?」

「そうだよ、ランちゃん。『家族』というものは、だれよりも近くにいる。だれよりも近くにいるから、ほんとうはわからないということが、わかるんだ。遠くにいると、ただみているだけだし、ただはなしているだけだから、なんとなくわかった気になる。なんとなくわかった気になって、だから、それ以上わかろうとも思わない。わからないものだけが、ほんとうに大好きになることができるんだ。なぜって、わからないから、知りたくなって、少しわかると、もっと好きになって、だから、もっとたくさん知りたくなるんだよ」

そうなのかもしれない。そして、ぼくは、いま、ぼくたちがつくっている「くに」のことを考えた。ぼくたちは、一生懸命、「くに」のことを考えてる。いまは、「こく民」が、全部で四人しかいないのに、それ以上増えたらどうしよう、って思ってる。どうしてかっていうと、これから増える「こく民」は、みんな、ぼくたちのよく知らないひとばかりで、どうやって付き合ったらいいのかわからないからだ。でも、ほんとうは、知らなくってもいいのかもしれない。いや、知らないほうがいいのかもしれない。よく知らないからこそ、大事にしなきゃならない。たいせつにしなきゃならない。気をつけなきゃならないんだ。

「だから、ランちゃん。確かに、『家族』と『くに』は似ている。それから、もっと他の、わたしやランちゃんが、付き合わなきゃならないものも、みんな。知らないから、わからないから、もっと知りたいと思い、もっとわかりたいと思うんだ。けれどね、ランちゃん」

「なに、おとうさん？」

「それでも、やはり、『家族』と『くに』はちがう、とおとうさんは思う。さっき、おとうさんとおかあさんは、ランちゃんやキイちゃんが殺されたら、その殺したひとを殺すだろう、っていったよね。それは、ほんとうに間違ったことなんだ。いいかい、ランちゃん。ひとを殺すのはいけないことだ。どんな理由があるにせよ。それから、傷つけることも、不快な気持ちにさせることも。どれもやってはいけないことだし、そんなことをする権利は、絶対、だれにもないんだよ。なによりいけないのは、憎しみに巻きこまれることだ。憎しみに巻きこまれると、ひとは、いちばんたいせつななにかをなくしてしまうからね。でも、いざというときには、おとうさんもおかあさんもそのことをするだろうと思っている。憎しみに身を任せるだろうって。

つまり、おとうさんやおかあさんは、間違ったことをしようと思っているんだ。だとするなら、一つだけやるべきことがあって、それは、その『間違い』の範囲を、できるだけ狭くすることなのかもしれないね」

「ねえ、おとうさん」

「なんだい？」

「じゃあ、おとうさんは間違ったことをしたことがあるの？」

おとうさんは、少し黙って、それから、こういった。

「あるよ。それは、とても悲しいことだがね」

「じゃあ、ぼくも、いつか間違ったことをするのかな。それとも、もうとっくに間違ったことをしていて、だれかを傷つけ、そのことに気づいていないんだろうか」

おとうさんは、もうなにもいわなかった。ぼくは、もっとおとうさんのはなしをききたかった。もっといろんなことをはなしてもらいたかった。けれども、おとうさんは、それ以上、なにもはなしてはくれなかったんだ。


夜、寝ていると、おかあさんがぼくのベッドに入ってきた。おかあさんの体が、というか、おかあさんの着ている服が冷たくて、ぼくはブルッと震えた。おかあさんは、ぼくを抱きしめると、ちっちゃな声でぼくにいった。

「ランちゃん、寝てた?」

「……寝てたけど……起こされた」

「ごめんね」

「いいよ。いまなん時なの、おかあさん」

「うーん、そろそろ五時かしら、もうすぐ朝ね……ランちゃん、おかあさん、ここで寝ていい?」

「いいけど……おかあさん、寝間着に着替えなきゃダメじゃん……それ、起きてるときの格好でしょ」

「ええぇ?……おかあさん、もう眠いんだもん……」

「……ぼくたちが寝間着じゃないとパンチだすくせに……」

「……なに正論いってんのよ……あたしの子どもとも思えない……」

おかあさんは、ぼくに抱きついたまま、ものすごくちいさい声でなにかをいった。

「なに?……おかあさん、いま、なんていったの?」

ぼくは耳を澄ませ、おかあさんがなにかをいうのを待った。でも、もう、おかあさんはなにもいわなかった。おかあさんは、ぼくにしがみついたまま、静かに寝息をたてていた。きっと、Yちゃんというひとが死んじゃったんだ、とぼくは思った。

二ヶ月前から、おかあさんは、病院へいくようになった。最初のうちは、三日に一回ぐらいだった。それが、二日に一回になり、ほとんど毎日でかけるようになった。おかあさんは、おとうさんに、こういった。

「あたし、病院にいくのが忙しいので、家事ができなくなっちゃうけど、いいですか？」

するとおとうさんは、こう答えた。

「いいとも。家事より大事なことがあるからね。そういうわけだ。ランちゃんとキイちゃん、きみたちも、いまよりももっとずっと家事を手伝いなさい。おとうさんも手伝うからね！」

「ええええっ！」

ぼくもキイちゃんも不満の声をあげた。なに、それ！

おかあさんは、おかあさんの親友のYちゃんのお見舞いにいっていたんだ。そのことをおかあさんは、ぼくたちには黙っていた。教えてくれたのは、やっぱりFちゃんだった。

Yちゃんとおかあさんは、高校生のときに知り合った。クラブっていうところで。ふたりが仲良くなったのは、アイスピック（！）のせいなんだって。テーブルの上に置いた掌（てのひら）の指の間をものすごい高速でアイスピックで刺してゆくっていう遊びをしはじめて、みんな呆（あき）れて、すぐにやめちゃったのに、最後まで真剣にやっていたのが、おかあさんとYちゃんだった。でもって、結局、Yちゃんが掌の真ん中にアイスピックを刺して救急車で運ばれた。それについていったのがおかあさんだった。バカだ、ふたりとも……。おかあさんもYちゃんも、家には帰らず、いつも夜おそくまで遊んでいた。でも、おかあさんたちはどんな遊びをしていたんだろう。ぼくには想像できない。おかあさんとYちゃんは「夜の女王」だったみたいだ。Fちゃんも、それ以上は教えてくれない。なにしろ、「1・2の法則」に「ジャンピング・ジャック・フラッシュ」だもののね！　っていうか、「ジャンピング・ジャック・フラッシュ」をおかあさんと「一緒に開発」したのは、そのYちゃんだったんだ。二十歳を過ぎた頃、ふたりは、いつの間にか会わなくなった。そういう時期だったって、Fちゃんはいってる。おかあさんは「夜の世界」から「昼間の世界」に戻った。そして、Yちゃんは、ずっと「夜の世界」に取り残されたんだ。

　二十年ぶりぐらいにYちゃんからおかあさんに連絡があった。会いたいって。だから、おかあさんは会いにいった。Yちゃんは入院していて、末期の肺癌だった。

「入院した最初の頃は、みんなでお見舞いにいったんだ。もちろん、あたしもね。でも、だんだん自分の両親とランちゃんのおかあさんとしか会わなくなった。わかるような気がするんだ。Yちゃんはね、ものすごく素敵な女で、たくさんの恋愛をしたからね、病室に、それまでに付き合った男たちを二時間置きに順番に呼んで、ひとりずつ別れを告げたんだよ。二日かけてね！　豪快だよね。その男たちは、みんな泣いたって。Yちゃんの両親も、あたしたちもね。

ランちゃんのおかあさんだけが泣かなかった。だって、いちばん泣きたいのはYちゃんだって知ってたからだと思う。でも、あたしには無理だな。ランちゃんのおかあさんは、ずっとYちゃんのベッドのそばにいて、昔の武勇伝をはなしたり、バカなはなしをしてゲラゲラ笑って、あとはずっとYちゃんの掌をさすってあげてたみたい。亡くなる直前には、もうほんとうに、Yちゃんはほとんど一日中、寝ているばっかりで、ときどき、目を開けて、ランちゃんのおかあさんがいるのをみると、少しだけ笑って、またずっと寝ちゃったんだって。あたしはね、心配で、ときどき、Yちゃんのおかあさんから LINEで教えてもらってたんだ。ランちゃんのおかあさんとYちゃんの間にはだれも入れなかった。そういうのがほんとうの友だちっていうのかもしれないね、ランちゃん」

ずっと意識がなかったにんげんでも、死ぬ直前に、意識を取り戻すことがある、っておとうさんがいっていた。不思議なんだけどね。Yちゃんもそうだった。そのとき、そばにはYちゃんのおかあさんしかいなかった。ずっと寝ているだけだったYちゃんが、突然、目を覚まして、それまでもうずっとなにもしゃべれなかったのに、ぼくのおかあさんの名前を呼んだんだ。連絡をもらったおかあさんは、すぐに病院にいった。病室に入ると、Yちゃんは、おかあさんをみて、ほんとうにニッコリ笑って、でももうなにもいわなくて、しばらくすると目を閉じて、二度と開けなかった。おかあさんは、そこから、ぼくのベッドに戻ってきたんだ。

おかあさんは深く静かに眠っていた。もう体は温かくなっていたけれど、ピクリとも動かなかった。ぼくは体を動かせなかった。ぼくは、おかあさんを起こしたくなかったから。おかあさんには眠っていてもらいたかったからだ。ぼくは、ほんとうにはおかあさんのことを知らない。なにも知らない。そのことだけは、ぼくにもわかる。キイちゃんのことも、おとうさんのことも、やはりぼくは知らない。それでも、ぼくが、おとうさんやおかあさんやキイちゃんのことを考えるとき、ぼくのこころの中で、なにかがものすごく動きまわる。それはいったいなんなんだろう。この世界には、ぼくにはわからないことがたくさんあって、それはもしかしたら、いつまでもわからないのかもしれない。それでもいいような気がして、そして、それ以上考えようとしても、ぼくは、もう眠くて、いつのまにか眠ってしまったみたいだった。

14・「名前のないくに（仮）」

少しずつ、ぼくたちの「くに」ができあがってゆく。ゆっくりと。

最初に、「くに」をつくろう、ってユウジシャチョーがいいだしたときには、なんだか、とても楽しそうなことにみえた。とてもおもしろそうで、いつもみんなでなにかをやるときのように、ワイワイいいながら、おしゃべりしながら、お菓子をたべながら、イタズラをしながら、やるんだ、って思ってた。

でも、はじめてみると、ちょっとちがってた。

楽しくないわけじゃないし、おもしろくないわけじゃない。お菓子だってたべてるし。みんな、好きなお菓子はちがうけどね。ぼくが好きなのは、「きのこの山」。子どもっぽいって、いわれる。

でも、いつもとはちょっとちがう。おしゃべりしているのに、急に、みんな静かになる。黙りこむ。そして、一緒にいるのに、みんな、ひとりで考えたりする。

それも悪くない、と思う。

もっと簡単にできると思ったけど、やってみると、たいへんなんだ。

「くに」をつくるのは、難しい。すごくね。最初の予定だった「夏休み」が終わっても、できない。新しい学期がはじまっても、なかなかできない。

だいたい、「くに」の名前だって決まってないんだよ！　国旗があるのに、「くに」の名前がないのはヘンだ。でも、なん回、会議をやっても決まらないんだ。

アッちゃんは「『ぼくらのくに』ってどう？」っていう。ユウジシャチョーは「なんでもいいけど、『マイン』はつけてね。『クラフト』でもいいや」っていうし。リョウマは「おいしいものをつくるくに」っていってるけど、それ、リョウマの入ってるプロジェクトと変わらないじゃん！

「ランちゃんは？」って、みんなにきかれる。

「ねえ、ランちゃんは、ぼくたちの『くに』、どんな名前がいいって思う？」

「うーん」ってぼくは、瞼を閉じて、考える（ふりをする）。それから、瞼を開けて、ゆっくりとみんなの顔を眺め、こういう。

「笑わない？」

「笑うもんか」アッちゃんはいう。

「ウソ！」リョウマがいう。

「アッちゃん、『おいしいものをつくるくに』って、ぼくがいったら、笑ったじゃん」

「ああ、あれは、笑うでしょ、ふつう。ランちゃんの考える名前だから、きっと、きちんとしてるさ」

「ひ、っどい！」

「まあまあ」ユウジシャチョーがおおきく手を広げて、その場を静めた。さすが、シャチョーだ。そして、ぼくに向かっていった。

「で、どんな名前？」

「……名前のないくに……」

「えっ？」

「名前がないの？」

「ちがうよ、リョウマ。それ、『名前のないくに』っていう名前なんだよね、ランちゃん？」

って、アッちゃんがいう。

「うん」

「うーん……『名前のないくに』って名前なの？」

「……だと思うけど」

「じゃあ、どうして、『名前のないくに』なの？」

どうしてなんだろう。アッちゃんにきかれると、ぼくはわからなくなる。なんだか、そういう名前でいいような気がするだけだ。だって、どの「国」にも名前はある。その土地の名前、そこに住んでいるひとたちの名前、そこに住んでいたひとたちの名前、そこにあったなにかの名前、その「国」ができる前のなにかが、その「国」の名前になる。

でも、ぼくたちの「くに」には、土地がない。そこにいるのは、四人の子どもだけ。それ以外にはなにもない。そこに「あった」なにかはない。いや、まだない、っていうのかな。なにもない「くに」だから、つけてみたい名前もない。だから、「名前のないくに」。それじゃあ、ダメなんだろうか。

「ランちゃん、『ネヴァーランド』とかは?」

「それ、おとぎばなしの中のくになんじゃない」

「そっか」

「ごめんね、ぼく、うまく説明できないんだ」

そうだ。ぼくには、うまく説明できない。なんか、いい。そんな気がするだけ。でも、仕方がない。いまのぼくには。

だとするなら、国旗もただの白い布のほうがいいのかも。「くに」の名前も、国旗も、みんな、自分で書き入れる。いま、ぼくたちがつくっている国旗は、白地に朱色の丸で、その周りに、文字で好きなことを書いていくんだけど、朱色の丸もとっちゃうんだ。それなら、他の「国」の子どもたちだって入りやすいしね。

「それ、って『くに』なの?」

リョウマはいう。ぼくにはよくわからない。でも、可能性があるものは、みんな残しておきたい。

「名前のないくに」

途中で気に入ったら、名前をつける。みんなが、自分の好きな名前を。それでもいい。みんなが一つ一つ、ちがう名前の「くに」をもつ。それが集まるんだ。そういうのは、「くに」じゃなくて、「れんぽう」になっちゃうんだろうか。

「オーケイ」アッちゃんがいった。

「なんか、悪くないと思うな。有力候補として残しておこう。というか、いままででた中では、いちばんいいかも。でも、決定したわけじゃないから、『名前のないくに (仮)』でいいんじゃない? もっといい名前がみつかったら、変えればいいんだよ」

「『くに』の名前なのに、(仮) がついてんの?」リョウマがいった。

「いいじゃん」ユウジシャチョーがいった。

「(仮)がついてるほうが、ぼくたちの『くに』っぽいよ!」

だから、ぼくたちの「くに」の名前は、いま「名前のないくに(仮)」だ。でも、他のひとたちは、どう思うだろう。

肝太先生にきいたら、

「グート! 確かに、それはある種の統制的理念といってかまわないだろう。エス・イスト・グート! あるいは、いまだ実現せざる、真の『国際連合』の根本理念になるかもしれないね。きみたちの『くに』ができあがるときこそ、ほんらい不可能な永遠平和が実現するのかも。エス・イスト・グート!!」っていわれた。

理想先生にきいたら、

「三万人ぐらいの規模だったら、可能じゃないかなあ。すっごくいいよ。全員がちがう『くに』でできた『くに』か。そのとき、イッパンイシはどんなふうにハツゲンされるのだろう。いや、そのときこそ、真のイッパンイシがみられるかもなあ」っていわれた。

ハラさんにきいたら、

「えっと、なに? よくきこえない。ゴメン、いま、イギリスのお友だちと電話中なんだよ、きみたちがいいと思うんだったら、いいと思うよ」っていわれた。

おとうさんにきいたら、

「えっ？　なんだって？　『くに』の名前を決める締め切りはいつ？　とにかく、締め切りは守りなさい」っていわれた。

おかあさんにきいたら、いきなり、チューされた……。

15・@名前のないくに（仮）

ランちゃん
@名前のないくに（仮）

@名前のないくに（仮）

こんばんは。初めまして。こんど、「くに」をつくることになりました。ランちゃんといいます。よろしくお願いします。この「くに」の「こく民」は、いまは四人です。ぼくと、アッちゃん、ユウジシャチョー、リョウマ。他に「こく民」になりたいと予約しているひともいます。そういう感じです。もし、これを読んで、「こく民」になりたいひとがいたら、連絡してください。アッちゃんは「名前のないくに（仮）」のためにフェイスブックをつくるつもりです。きっと、そっちのほうは立派なものになると思います。でも、アッちゃんは、ぼくに「先にツイッターでなんかつぶやいておいて」といいました。「ランちゃんが書くとせっとく力があるから」

@名前のないくに（仮）

っていうんです。ほんとうかなあ。とりあえず、つぶやくことにします。ぼくたちは「くに」をつくっています。名前は「名前のないくに（仮）」です。こんな名前になった理由はたくさんあります。いちばんおおきい理由は、つけてもいいと思える名前がみつからなかったからです。「日本国」とか「アメリカ合衆国」とか

@名前のないくに（仮）
「ヨルダン・ハシミテ王国」とか。国というものはみんな立派な名前をもっています。他にも、アラブ首長国連邦とか、アルジェリア民主人民共和国とか、最も高貴な共和国サンマリノ（サンマリノ共和国の正式な名前みたいです）とか、スリランカ民主社会主義共和国とか、朝鮮民主主義人民共和国とか、ボリビア多民族国とか、

@名前のないくに（仮）
グレートブリテン及び北アイルランド連合王国とか、ガンビア共和国とか。みんな立派な名前ですよね。なぜなんだろう。それは国をつくることが立派なことだと思われているからなのかも。本を読むと、たいてい国というものは、神さまや、偉い将軍や、頭のいい王さまや、たくさんひとを殺す英雄がつくります。

@名前のないくに（仮）
そうでなくとも、ものすごく立派だったり勇気があったり戦争が得意なひとがつくります。ふつうのひとには無理。ぼくたちの国は、どうも、ヒミコとかアマテラスオオミカミとか、女のひとがつくったみたいです。ぼくはマンガで読みました。男のひとよりぜんぜん強い。読んでいて、あっ、これ、おかあさんだ！

@名前のないくに（仮）
そう思いました。でも、これは、内緒にしておいてください。それから、神さまがつくる場合もあります。でも、神さまはたいてい、ひとをひどい目にあわせます。どうして、そんな神さまがイヤにならないんだろう。理想先生は、「それはたいていのにんげんは奴隷根性のもち主だから」っていっています。にんげんが

@名前のないくに（仮）
国をつくる場合は「契約」によって、なんだそうです。そうなの？　じゃあ、契約書っていうのがあるのかな。今度、理想先生にきいておきます。まあ、とにかく、たくさんの国があって、どの国にも、みんな、その国ができた理由があるんです。アメリカは、イジメられたひとたちが集団で逃げてきてつくった国みたいです。

@名前のないくに（仮）

でも、そこに元からいたひとたちをイジメて、土地を分捕ったみたいなんですよ。それでいいんでしょうかね。中国みたいに、昔から、国、国、国ばっかり、という国もあります。おおきいサイズの国からちいさいサイズの国までよりどりみどり。韓国は日本の「しょくみんち」だったことがあるそうです。「しょくみんち」

@名前のないくに（仮）

ということは、韓国という「国」の上に、日本という「国」が乗っかっていたってことで、日本語をしゃべったり、日本人の名前になったりしなければならなかった。っていうことは、もし日本がアメリカの「しょくみんち」だったら、英語をしゃべらなきゃならないの？　そんなの、ムリだ。名前も、

@名前のないくに（仮）

ランディとか？　あっ、それは、いいかも。よくわからないけど。でも、「しょくみんち」はみんな独立しているところをみると、その状態は楽しくないってことでしょう。さて、ぼくたちがつくる「くに」ですが、生まれた理由は特にありません。神さまも、将軍も、王さまも、

ひとを殺す英雄もいません。

@名前のないくに（仮）
なんとなくできた？　そうかも。場所も歴史もありません。ひとも住んでいません。どうしよう。そうだ。子どもが生まれるときに、名前をつける。そんなやり方はどうだろう。そう思ったこともありました。でも、なんかちがう。だって、国は、生きものじゃないからです。そうかなあ。

@名前のないくに（仮）
ちょっと待って。いま考えてみます。親は、子どもに、期待とか、希望とか、夢とか、そんなものを託して、名前をつけるみたいです。「夢のくに」とか「死なないくに」とか？　うーん、なんか変だ。「くに」をつくってみたことのあるひと、いますか？　あまりいないかもしれませんね。ぼくの知っているひとには

@名前のないくに（仮）
いません。そうだ。ぼくたちがつくっているのが「国」ではなくて「くに」なのは、もしかしたら「国」じゃないかもしれないからです。うまくいえないけど。そうそう、知っています

か？　世界でいちばんちいさい国は「シーランド公国」です。面積は二〇七㎡。二〇七㎞²じゃありません。ユウジシャチョーの家より

@名前のないくに（仮）
ちいさいんです。人口は四人。イギリスの東南のほう、サフォーク州の沖合約一〇㎞にあります。もともとは「海上要塞」でした。二本の柱の上に載っかったおおきな鉄の板、それが「シーランド公国」です。一九六七年九月二日、元イギリス軍少佐だったパディ・ロイ・ベーツというひとが、この要塞をみつけ、そこに乗りこんで「独立宣言」を

@名前のないくに（仮）
発表しました。イギリスはベーツさんを退去させようとしたけれど、領海の外だったので、それはできませんでした。しかも、この要塞を自国の領土とみなしている国はなかったのです。いまも「シーランド公国」はあります。クーデターがあったり、政権が亡命したり、けっこう本格的な国みたいです。

@名前のないくに（仮）
二〇〇六年には発電機がショートして火事になり、「シーランド公国」は半焼しました。この

国、火災保険に入ってなかったんですね。だから、国をつくるときには、保険はマストです。「シーランド公国」の主な産業は、「爵位の売買」と切手やコインの販売のようです。日本では西川きよしさんや三村マサカズさんが

@名前のないくに（仮）
爵位を買って、貴族になりました。「シーランド君」というゆるキャラもいるみたいです。狭いので、交通機関は「自家用の乗り物」か「徒歩」しかないらしいです。憲法は？　あれ、憲法、ないの？　その代わり、「サッカーシーランド代表」というのはあるみたい。なんだろう、それ。確か、国民は

@名前のないくに（仮）
四人しかいないんじゃなかったっけ？　ああ、そうだ。きっと、外国人選手も代表になれるんじゃないかな。わからないけど。ただし、FIFAやUEFAには加盟できない。なので、公式戦は行えない。気になる。どうやって試合をするんだろう。いま調べてみました。「サッカーシーランド代表」は

@名前のないくに（仮）

ＮＦ－Ｂｏａｒｄ（国際サッカー連盟非加盟国協会）に所属しているそうです。へえぇ。こんなことがウィキペディアに書いてあります。「ＦＩＦＡは原則的に『国際社会によって主権国家と認められた国家のサッカー協会』にのみ参加を許可している。従って現時点で独立を望む勢力が存在する地域（略）に関しては、

＠名前のないくに（仮）
当然ながら国際的に承認を得た国家として独立を達成するまでは、その協会がＦＩＦＡに参加する権利を持たない。その為、国際的影響力のあるＦＩＦＡが（結果的にではあるが）各地の独立運動に対して政府派（現体制側）を支持する格好になっており、独立派に属する人々にとって不愉快に受け止められていた。

＠名前のないくに（仮）
こうした現状に対し、『現時点で独立を達成していない国』のサッカー協会を対象とした国際統括団体としてＮＦ－Ｂｏａｒｄが設立された。この会議は各国の独立運動におけるサッカー活動の相互協力を謳（うた）い、最終的には加盟協会がＦＩＦＡに正式参加することを目標としている」んだそうです。主な参加「国」は、

@名前のないくに（仮）
北キプロス、プロヴァンス、ロマ、サーミ、ワロニア、チェチェン、サルデーニャ、ナゴルノ・カラバフ、ソマリランド、南カメルーン、マサイ、西サハラ、ザンジバル、ダルフール、クルディスタン、南モルッカ、チベット、西パプア、タミル・イーラム、グリーンランド、西インド諸島、イースター島……そして、

@名前のないくに（仮）
そういう「国」を目指している「国」も、やはり立派な名前をもっているようです。でも、なんかヤバくないですか、このリスト？　このＮＦ－Ｂｏａｒｄなら、ぼくたちの「名前のないくに（仮）」代表も加盟させてくれるんでしょうか。子どもはダメっていわれるのかな。そもそも、サッカーをやっているのは

@名前のないくに（仮）
ユウジシャチョーだけだから、無理かもしれませんね。とにかく、「国」の中には、一軍と二軍、レギュラーと控え、みたいな区別があるようです。そういうのって、差別なんじゃないだろうか。っていうか、一軍の中にも、けっこう「格差」があるような気がしますね。ところで。ずっとこうやって、ネットの中にいると、

@名前のないくに（仮）

いろんなものが流れてきます。「気をつけるんだよ」って、おとうさんはいいます。「『ここ』に流れているものの中には、きみたちに『悪い』影響を与えるものもあるからね。でも、それに触れないわけにはいかないから、止めることはできないんだけど」って。ぼくと同じくらいの子どもたちがなにかをつぶやいている。

@名前のないくに（仮）

アッちゃんが教えてくれました。「そこ」へいってごらん、って。その子どもたちは、いま、戦争の中にいます。あるいは、戦争の下に。ぼくが、おかあさんのつくったクリームシチューをたべているとき、その子たちにはたべものがない。その子たちの上に爆弾が降ってくる。その子たちの顔には灰色の

@名前のないくに（仮）

泥みたいなものがついている。その子たちの家は電気が消えていて真っ暗だ。そして、その子たちは、助けてください、っていっている。その子たちのうしろにみえる机の上に教科書が開かれたままだ。学校には長い間いってないんだって。英語だから、よくわからない。それから、

英語ではない、もっと別の

　@名前のないくに（仮）
読むこともできない文字で、その子たちは書いている。しゃべってる。助けてください。ぼくを。でも、ぼくにはなにもできない。「ねえ、ランちゃん」って、アッちゃんがいった。その子たちはもうとっくに死んでるんだよ。いまみている、それ、そこに書かれていることばも、写真も、三年ぐらい前だった

　@名前のないくに（仮）
と思うよ。って、アッちゃんはいってる。そうなの、アッちゃん？　じゃあ、どうして、いま、ぼくはこれをみてるんだろう。それは、そうやって、一度書かれたもの、しゃべられたものは、ことばの光になって、いつまでも流れつづけるからだ。じゃあ、そうやって、もうとっくに死んでしまったのに、その子たちは、

　@名前のないくに（仮）
永遠に、そこをさまよいつづけるんでしょうか。そして、ぼくが、パソコンを開いて、つぶやこうとすると、こっちをじっとみるんですね。なんだかつらい。どうして、その子たちの

「国」は、その子たちを守ってやらなかったんでしょうか。それとも、その子たちの「国」は、さっきの「シーランド公国」みたいに

@名前のないくに（仮）
「二軍」だったから、その子たちを守る力がなかったんでしょうか。それとも、その子たちには、もともと「国」なんかなかったのかな。ぼくのような子どもでも、その子たちのことを知っているのだから、おとなや、それからおとなたちがつくっている「国」も、その子たちのことを知っていたにちがいない。

@名前のないくに（仮）
じゃあ、どうして、だれも助けてあげなかったんだろう。子どもだから？　だったら、子どもだけで「国」を、っていうか「くに」をつくって、守ってあげたい。アッちゃんは、「そういうのは難しいね」っていうけど。

@名前のないくに（仮）
いろいろお返事ありがとうございます。「こんなことしてないで勉強しなさい」って、ありがとう。「こんなこと」も勉強になるかもしれません。すいません。「あなたの親はなにを考えて

るの？」って、ありがとう。いま、おとうさんは、小説のことを考えてると思います。おかあさんは、寝てるんじゃないかな。すいません。

@名前のないくに（仮）

「おまえは恵まれてるんだよ」って、ありがとう。「いつまで夜ふかししてるの？　はやく寝ろ！」って、ありがとう。「学校にいいつけるぞ」って、ありがとう。「ロクな学校じゃないな、おまえが通っているのは」って、ありがとう。学校のおとなのひとたちが、ここで書いていることをフォローしてくれてるので、大丈夫です。すいません。

@名前のないくに（仮）

「なにをやって遊んでもいいが、『国』で遊ぶのはやめなさい。調子にのりすぎです」って、ありがとう。「あなた、国歌は歌えますか？　この国の歴史を知っていますか？　この国に感謝していますか？　国のことをきちんと考えなさい！」って、ありがとう。ずっと勉強しています。すいません。

@名前のないくに（仮）

「お前たち、国旗にいたずら書きをして遊んでるんだって？　子どもだからって、許さないぞ！　親の名前を教えろ！　学校はどこだ？」って、ありがとう。親や学校と関係なくやっているので、いまのところ教えてあげられません。いちおう、きいてみますね。「偏差値はいくつ？　どうせ、低いんだろ？」ってありがとう。

@名前のないくに（仮）

試験を受けたことがないので偏差値はわかりません。すいません。それから、たくさん返事をいただいているのですが、ぜんぶにお返事をだすことはできません。アッちゃんは、そんなに真剣に読むことはないよ、というのですが、礼儀として、ぼくはみんな読むことにしています。疲れます。すいません。

@名前のないくに（仮）

ところで、「くに」をつくることもおもしろいけれど、「くに」のことを考えるのもおもしろいです。ぼくは、アッちゃんの命令で、毎晩、「名前のないくに（仮）」の「広報」担当として、いろんなことをつぶやいています。「ここに、こういう『くに』がある、っていうことを知ってもらうのはたいせつなんだ。

@名前のないくに（仮）

あとあとになって『承認』してもらうとき、役に立つかもしれないから」って、アッちゃんはいうんだけど、そうなのかな。なので、ぼくは、毎日、パソコン（おとうさんから古いのをもらいました）を開けて、ここにやってきます。「ここ」っていうのは、ぼくが、いろんなことをつぶやいているところです。

@名前のないくに（仮）

アッちゃんは、「ここ」も、世界の一部だっていうんだけれど、ぼくは、一つの「くに」なんじゃないかと思います。みなさんは、どう思いますか？　だいたい、この「くに」でなにかをする、っていうか、なにかをしゃべるためには、パスワードとか認証とかいう手つづきをする必要があって、それは、「入国審査」みたいなもんじゃないかな。

@名前のないくに（仮）

毎日、ぼくたちは、その「税関」みたいなものを通って、この「くに」にくる。そして、この「くに」の「こく民」になる。この「くに」に滞在中は、この「くに」の「こく民」でいられるわけです。でも、ここをでてゆくと、もとの「国」に戻ることになります。ああ、そうだ。そういうのって、二重国籍っていうのかも。

@名前のないくに（仮）

昨日、思いだしたんだけど、ぼくは、「ベッドのくに」という「くに」をつくったことがあったみたいです。うんとちっちゃい頃に。おとうさんやおかあさんとケンカをして、ぼくは子ども部屋に戻りました。子ども部屋では、弟のキイちゃんと一緒にいます。その中で、ぼくが住んでいたのは、今とはちがって、机がついたベッドじゃなくて、ベッドがついた机だったかも。とにかく、ぼくは机がついたベッドだか、ベッドがついた机だかに戻り、カーテンを引っぱりました。すると、おとうさんがやってきました。「いつまで怒ってるんだ。おかあさんに謝ってはどうだね」。だから、ぼくは「イヤです。今日から、独立することにしました。ここはぼくの『くに』だから入らないで」

@名前のないくに（仮）

「おやおや。それなら、けっこう。ランちゃん」「なに？」「そこがランちゃんの『くに』なら、憲法がいるよね」「そうなの？」「そりゃそうさ。あらゆる『くに』には、その『くに』だけの『決まり』があって、それがその『くに』を成り立たせるいちばんたいせつなものだからさ。われわれの家にもあるよね」

@名前のないくに（仮）
「わかった。ちょっと待って。いま決めるから」「いいよ、いくらでも待つから」「おとうさん。お待たせしました」「『憲法』できた？」「うん」「第いち条……」「ランちゃん、前文はないの？」「あとにしていい？　そんなにいっぺんにできないよ。だいたい、なにを書いていいかわからないし」「わかった。それはあとで教えてね」

@名前のないくに（仮）
「うん……第いち条……こく民はゴハンをベッドの上でたべても叱られない……第に条……こく民はマンガをベッドの上で読んでも叱られない……第さん条……こく民はベッドの上にお菓子のクズを落としても叱られない……第よん条……こく民はパジャマに着がえないで寝ても叱られない……」「ランちゃん」

@名前のないくに（仮）
「なに？」「きみの『くに』の『こく民』は、叱られないことばかり目指しているの？」「そういうわけじゃないよ……第ご条……休みの日に十時まで寝ていても、『ランちゃん、なん時だと思ってんの？　休みの日だからって、いつまでも寝てるんじゃないの！』といってはならない……第ろく条……」

@名前のないくに（仮）
ふざけてたわけじゃない。いまなら、あんなことはいわない。どんなところにも「くに」はあって、そこには、その「くに」の「憲法」がある。ものすごくおおきい「くに」にも、ちいさな「くに」にも、ぜんぜん「くに」らしくない「くに」にも。「くに」をつくることはたいへんで、でも、一度は、みんな

@名前のないくに（仮）
つくってみたらいいんじゃないかな。いまもぼくはこうやって、机に向かってパソコンを開いている。ゲームはＷｉｉ ＵやＰＳ４でやるから、パソコンでは別なものをみている。そして、ときどき、ぼくはこわくなる。向こうにある世界はものすごく広くて、それから、なんだかとても

@名前のないくに（仮）
恐ろしいものがたくさんある。「@名前のないくに（仮）」もたくさん怒られた。「ベッドのくに」も。なぜ怒られるんだろう。真剣なのに。「@名前のないくに（仮）」や「ベッドのくに」

じゃなく、もっと別のものを怒ったほうがいいと思うな。あの子どもたちを、泣かしているものとか。そういうものを。ちがうのかな?

@名前のないくに(仮)
おかあさんの声がする。おかあさんが呼んでる。どうやらちょっと怒っているみたい。どうしたんだろう? あっ、ゴミをだしてなかったんだ! しまった! やっちゃったよ、ぼく。「憲法」違反だ! どうしよう。神さま、おかあさんがパンチを手かげんしてくれますように。
みなさん、では、また。

16・@アイと雪の女王

ぼくたちをほめてくれるひともいた。頑張りなさい、とはげましてくれるひとも。それから、国に関する資料を送ってくれるひとも。でも、ぼくたちの「くに」の「こく民」になりたいというひとはいなかった。別に、いまの国籍をもっているままでも、ぼくたちはぜんぜんかまわないのだけれどね。きっと、ぼくたちの「くに」、「名前のないくに（仮）」には、まだまだいところが足りないんだ。魅力がない、っていうか。いや、どんな「くに」だか、わからないからなのかもしれない。ぼくだって、その「くに」がどういうところかわからなかったら、いってみたいとは思わないかもしれない。まして、その「くに」の「こく民」になろう、なんて思わないだろう。いつか、ぼくたちの「名前のないくに（仮）」の（仮）がとれて、ただの「名前のないくに」になる頃には、新しく、「こく民」になりたい、っていうひとが現れるかもしれない。そのために、その日のために、頑張ろう、とぼくは思った。そう思っていた。

そしたら、ある日、ぼくがパソコンを開いたら、「名前のないくに（仮）」に宛てて、また、たくさんの返事がきていた。たくさんの批判や非難と、少しだけの応援。その中に、ぼくはこんなものをみつけたんだ。

「こんにちは。初めまして。『@名前のないくに（仮）』さんとお呼びすればいいんでしょうか。ツイートを拝見していると、『ランちゃん』とお呼びしたほうがいいかもしれませんね。あなたのツイートを、ずっと読んでいます。とても興味深いです。いえ、ものすごく興味を惹かれました」

「アッちゃんも、ユウジシャチョーさんも、リョウマさんも、素敵だと思います。『くに』をつくるなんて、わたしは、生まれてから一度も思ったことがありませんでした。『くに』というのは、生まれたときにはできていて、絶対に動かすことができない。『くに』のいうことには反抗してはいけない」

「そう思ってきました。でも、あなたたちはちがうんですね。あなたたちのご両親は、どんなひとたちなんだろう。あなたたちが通っている学校の先生……じゃなくて『おとな』っていうんですよね……はどんなひとたちなんだろう。肝太先生や理想先生やハラさんに、会ってみたい！　ずっと憧れていました」

アイちゃん
@アイと雪の女王

ランちゃん
@名前のないくに（仮）

「ランちゃん……でいいですか……お願いがあります。わたしも、『名前のないくに（仮）』の『こく民』にしてもらえますか？　『こく民』になるのには、なにか試験があるんですか。それとも、なにか資格がいりますか？　教えてください。そうそう。ランちゃんのお家、ってちょっと変わってますよね」

「わたしの家も、ちょっと変わった家なんです」

返事を読んで、ぼくはうれしかった。マイケル・キヨミヤくん以来、ふたり目の「こく民」志願者だ！　どんな子……ひとなんだろう。ぼくは、その子のアカウント名をみた。
「アイと雪の女王」だった。

@名前のないくに（仮）
「アイと雪の女王」さん、こんばんは。初めまして。「名前のないくに（仮）」さんでも、ランちゃんでも、どちらでも自由に呼んでください。もっと別の名前でもいいです。あなたの気に入った名前なら、なんでも。いま、ぼくはパソコンの前に座っています。弟のキイちゃんは、横のソファでマンガを

@名前のないくに（仮）

読んでいます。なにを読んでいると思いますか？　『絶体絶命　でんぢゃらすじーさん』ですよ！　『ペンギンの問題』をそつぎょうしたと思ったら、まだ、そのあたりで止まっています。この前、『浦安鉄筋家族』を勧めたら、「むずかしい！」っていうんです。まだ、子どもですよね。せめて、『こち亀』でも読めばいいい

@名前のないくに（仮）

のに。『こち亀』は、お年玉で、半分揃えたら、おかあさんが残りを買ってくれました。「豊かなにんげんとして成長してゆくために、どうしても読んでおくべき本だから」だそうです。でも、ほんとうは、おかあさんが自分で読みたかったからだと思います。だって、『こち亀』の最終回を読んで、泣いていた

@名前のないくに（仮）

んですよ、おかあさんは。そんなに好きなのかなあ、両さんのことが。でも、いまおかあさんは、部屋で寝ています。頭痛がするそうです。おかあさんはしょっちゅう、頭が痛くなります。そういうとき、おとうさんは、「フタバテイシメイも低気圧が近づくと頭が痛くなったそう

だ」といっておかあさんを慰めます。ぜんぜん

@名前のないくに（仮）

意味がわかりませんね。あっ、すいません。こんなムダバナシをしている場合じゃなかったんです。このたびは、ぼくたち「名前のないくに（仮）」の「こく民」に応募していただいてありがとうございます。応募された先着二十名さまには、「名前のないくに（仮）」特製のデニムの iPhone ケースを差し上げます

@名前のないくに（仮）

というのはウソです。ごめんなさい。応募してもらったので、すごくうれしいんです。いまのところ、「こく民」は、ぼくとアッちゃんとユウジシャチョーとリョウマと、それから、やっぱり応募してもらって、「こく民」になる予定のマイケル・キヨミヤくんと五人で、それも男ばかりだったので「アイと雪の女王」さん

@名前のないくに（仮）

が女のひとだとしたら、初めての女のひとの「こく民」になります。ありがとう。なにか質問がありますか？　あったら、連絡してください。あまり難しいことじゃなければ、お答えしま

す。難しかったら、アッちゃんにきいてから答えます。よろしくお願いします！

@アイと雪の女王
丁寧なお返事ありがとうございます。はい、わたしは女のひとですw　まず、いくつか基本的な質問をさせてください。ランちゃんたちの「名前のないくに（仮）」は、どうして、「国」ではなく「くに」なんですか？　それから、その「くに」はどこにあるんでしょう。「くに」が存在している場所は、どこなのかな？

@名前のないくに（仮）
いい質問ですね。そういう疑問をもたれるのは、とうぜんだと思います。まず、「国」ではなく「くに」なのは、「名前のないくに（仮）」がふつうの「国」ではないからです。なんていうか、ふつう、「国」は「国」っていうんだけど、エラそうな感じがしませんか？　だから、戦争とかしちゃうでしょう？

@名前のないくに（仮）
なので、ぼくたちは、エラくなさそうな、ぼくたちと同じ程度の「国」がいいんじゃないか、だったら、「国」じゃなくて「くに」だよね、と思ったんです。世界には文字が書けないひともいるでしょう。ぼくだって、知らない漢字はたくさんあるし。そういうひとでも「国」はわからなくても「くに」はわかるんじゃないか、とか。まあ

@名前のないくに（仮）
そんな感じです。それから、ぼくたちの「くに」がどこにあるのか、っていうことです。最初のうち、アッちゃんは、「国」や個人がもっていない土地、「せんゆう」されていない土地を勝手にぼくたちの「くに」の領土にすればいいんじゃないか、っていっていました。でも、「領土」っていう考え方、なんかヤバく

@名前のないくに（仮）
ないですか？　土地がなければ「国」じゃないかもしれません。でも、ぼくたちは「国」じゃなくて「くに」なので、土地がなくてもいいじゃないか、と思ったんです。この前、ユーチューブで映画をみてたら、「かいぞく放送」をしている飛行機のおはなしをやってました。空中給油しながら飛びつづけている

@名前のないくに（仮）
ので、一度も地上に降りないんですよ！　それでもって、勝手にテレビ番組を乗っ取って自分

たちの番組をやってる。そのためのお金は視聴者からの寄付なんですが、それ、税金を集めてるみたいでしょ。っていうか、この飛行機も「くに」みたいなんじゃないかな。いつだって移動中の「くに」です。

@名前のないくに（仮）
おとうさんによると、昔、やはり移動ばかりしている「くに」があったそうです。名前はなんだっけ。なんとかヒョウタン島？　そして、その「くに」では、子どもたちがたいせつな役目をしていたらしいです。あと、バカな大統領がいたとか。その島は、ずっと流れて、いろんなところへいったらしいです。でも、ほんとう

@名前のないくに（仮）
なのかな。おとうさんのはなしだから、あまり信用しないほうがいいです。どうも、おとうさんは、現実と想像の区別がつかないみたいなんです。ほんとに、そんな「くに」があったら、教科書に載ってるんじゃないかな。あっ……ぼくたちの学校、ふつうの教科書は使わないんだった……「アイと雪の女王」さん、そんなはなし、きいたことあります？

@名前のないくに（仮）

もしかしたら、おとうさんは、歳をとって、ボケちゃっているのかも。すごく心配です！　大丈夫かなあ！　おとうさんが働けなくなったら、どうしよう！　まあ、でも心配しても仕方ないですよね。とにかく、おとうさんは、ぼくとキイちゃんで「かいご」してあげるつもりです。えっと、なんのはなしだっけ？　ああ、そうだ。

@名前のないくに（仮）

なので、領土なんかなくても「くに」はできるんじゃないか、って思いますね。だいたい、領土がないから、領土争いだってしなくてすむし。そういうわけで、ぼくたちの「くに」は、目にみえる場所にはありません。その代わり、どこにでもある。そういう「くに」でいいんじゃないでしょうか。それで、肝太先生に相談したら、

@名前のないくに（仮）

先生から、「エス・イスト・グート！　それこそ、『そうぞうのきょうどうたい』だね」といわれました。よくわからないけど、ほめられたみたいです。理想先生も、「国家に必要なのは、社会契約だから、領土なんか必要ないよ。っていうか、そのほうが国家としての本質に合致してる。どうして、気づかなかったんだ！」

@名前のないくに（仮）

っていっていました。それから、おとうさんは「実際に、難民とか、本来の国をでてしまって、国をもてないことになっているひとも多いから、そういうひとたちのためにこそ『国』ではなく『くに』が必要、ってことなのかもしれないね。うん、それについて小説が書けそうだ」っていってから、書斎にいってしまいました。

@名前のないくに（仮）

考えたら、ぼくの家には「憲法」もあるし、「くに」といってもいいんじゃないでしょうか。だったら、ぼくは、「名前のないくに（仮）」の「こく民」で、日本の「国民」で、ぼくの家の「こく民」でもあるわけです。それから、ぼくの学校の「こく民」でも。なんか重国籍になるんでしょう。なんか楽しいです。

@アイと雪の女王

楽しそう！　ランちゃんの家には「憲法」があるんですよね。そういえば、わたしのおじいちゃんの家でも、わたしのおとうさんのために「憲法」をつくったことがあるそうです。それから、それとは別に、やはり、「憲法」みたいなものが、わたしの家にはあります。それは、ランちゃんの家とはちがって

@アイと雪の女王
家のひとたちがつくったものじゃないいんだけど。

@名前のないくに（仮）
すごいですね。自分でつくった「憲法」の他に、他のひとがつくった、「アイと雪の女王」さんの家の「憲法」まであるんですか？　そんなにたくさん「憲法」があるのもめんどうくさいですよね。ぼくの家に「憲法」があるというのは、ご存じだと思いますが、いっぱいありすぎて、ときどき、わからなく

@名前のないくに（仮）
なることもあります。そういうときは、「憲法」を「間引く」んです。悲しいですけど。そうしないと、他の「憲法」の「成育状態が悪くなる」らしいです。びっくりですよね。それから、おとうさんは「『憲法』は、ただ観賞するんじゃなくて、きちんと、水をやったり、日に当てたりして、育てなきゃならない。

@名前のないくに（仮）

そうしないと、すぐ枯れたり、実がならなかったりするから」っていいます。それじゃあ、「憲法」じゃなくて、ダイコンとかほうれん草じゃないかと思いますね。でも、そうなのかも。ああ、そうそう。「アイと雪の女王」さんのお家は、どんな家なんですか？　おとうさんの職業は？　個人情報のろうえいにならない

@名前のないくに（仮）
程度で教えてください。いや、答えたくないなら、答えなくてもいいですよ。ぜんぜん、オッケー。

@アイと雪の女王
わたしの家も、ランちゃんの家と同じで、ちょっと変わっているかもしれません。おじいちゃんがやっているのは、なんといったらいいんだろう「伝統的なお仕事」です。おじいちゃんのおとうさんも、そのおとうさんも、同じお仕事をしていました。厳密にいうと、同じじゃないかもしれないけど。同じようなお仕事

@アイと雪の女王
をしています。おとうさんも、そのお仕事を継ぐことになると思います。おとうさんは、いま

は、そのための勉強をしています。おじいちゃんをみていると、そのお仕事はすごくたいへんそうです。だから、そのお仕事をおとうさんが継ぐのが、わたしは心配なんです。なんか、とても。

@名前のないくに（仮）
たいへんそうですね。もしかしたら、歌舞伎かなにかですか？　あっ、答えなくてもいいです。伝統芸能を継ぐのはたいへんみたいですね。ぼくのおとうさんも伝統のあるお仕事についていますが、ときどき、本棚をにらみつけて、こわい顔をしていることがあります。で、ぼくが「おとうさん、こわい！　こわすぎる！　なんで、そんな顔をしてるの？」

@名前のないくに（仮）
ってきくと、「ランちゃん、おとうさんの目の前には、おとうさんの先輩のみなさんがつくった立派なお仕事が揃っていて、おとうさんを『監視』してるんだよ！　『さぼるな！　もっとマジメにやれ！　その程度で満足してるのか！』ってね。だから、おとうさんは、負けないようににらみかえしてるんだ」そうです。

@名前のないくに（仮）

だから、ぼくが「そうなの？　たいへんだね。そのひとたち、『締め切りも守れ！』っていう？」ってきくと、「いや、それは気にすることはないそうだ」っていいます。それ、ほんとうなのかなあ。でも、おとうさんの場合は、自分で選んだのだから「自業自得」っていうんじゃないでしょうか。だから、「アイと雪の女王」さんのおとうさんとはちがうと思います。

@アイと雪の女王
ありがとう。また、わたしの家の「お仕事」のはなし、あとで、いっぱいしましょう！　ランちゃんの家のはなしや、「名前のないくに（仮）」や、ランちゃんたちの学校のはなしもね。そう、ランちゃんたちの学校、すごくいいな。わたしも、そういう学校にいきたかったです。そろそろ、眠らなきゃなりません。おやすみなさい。

@名前のないくに（仮）
おやすみなさい、「アイと雪の女王」さん！　また、おはなしさせてください！　ではでは。

ぼくは、「アイと雪の女王」さんとさよならをした。ぼくのところには、他にも、いろんなひとから、いろんな声が届いてた。ぼくは、ちょっと考えた。
家の中は静かになっていた。ソファでキイちゃんが眠っている。左手の親指をくわえながら。

キイちゃんの手から落ちたマンガが床に転がっている。開いた頁のところでは、「じーさん」が「ひとりかくれんぼ」をしている。相変わらず、意味がわからないギャグだよね。ああ、これじゃあ、キイちゃんが風邪をひいてしまう。ぼくは、キイちゃんに、毛布をかけてあげた。ソファの横にいつも置いてあるんだ。キイちゃんは、どこでも寝ちゃうから。

おかあさんは、頭が痛いから、薬を呑んで寝てしまった。もう、とっくに夜の十時を過ぎた。それなのに、おとうさんがなにもいってこないのは、小説を書いているからだ。おとうさんは、なにかに夢中になると、時間のことなんか忘れちゃう。そういうときには、ぼくが、キイちゃんをベッドまで運ばなきゃならない。それが、ぼくの家の「憲法」で決まっているぼくの役割だから。でも、もう少し待ってね、キイちゃん。もう少しだけ、考えていたい、とぼくは思った。

ぼくは、どうして「くに」をつくろうと思ったんだろう。他のなにかでもよかったのに。はなしができるロボットとか。高床式の倉庫とか。太陽光発電で動くだんぼう機とか。実際に営業できるぐらいおおきな食堂とか。

それらは、みんな、学校の他の子どもたちがつくったんだ。どれもおもしろかった。どれも、すごく良かった。でも、ぼくたちは、もっと別のなにかをつくりたくなった。それが「くに」だった。どうしてだったんだろう。

アッちゃんは、こういっていた。

「他のなにかは、みんな、手を動かしている時間が長いよね。もちろん、それは、とてもたいせつなことだ。ハラさんもそういっている。ぼくもそう思う。でも、手を動かすのと同じくらい、『頭を動かす』のもおもしろいよね」って。

そうだ。「くに」をつくるようになって、ぼくはずっと「頭を動か」している。もちろん、頭を揺すってるんじゃないよ。「比喩」だからね。

ぼくたちが「くに」をつくりはじめて、ぼくたちは、すぐに気がついた。「くに」をつくろうとした子どもなんか、いないらしい、ってことに。どうしてだろう。子どもだったら、いろんなものをつくりたいと思うだろうし、だったら、「くに」をつくろうと思う子どもが、いままでに、五千三百人ぐらい（テキトウだけど）いても、おかしくない。なのに、みつからないんだよね。

それから、わかったのは、「くに」の「つくり方」なんか、どこにも（ほとんど）書いてない、ってこと。

なんでも書いてあるのに、そういうことは書いてないんだ。でも、この世の中には、たくさん、「くに」が、というか「国」がある。この世にあるものは、理由があって、できたんじゃないかな。自然にできるわけがないから、だれかがつくったんだ。だから、「つくり方」だってあるはずだ。知ってるにんげんだって、いるはずだ。でも、探しても、みつからないんだ。きっと、隠されてるんだ。わかるとまずいからなのかな。

そういうことって、他にもあるのかもしれない。

「宗教のつくり方」とか、どうなんだろう。だれか、教えてくれないかな。夏休みの宿題で。まあ、ぼくの学校には、宿題なんかないんだけど。みんな、一つずつ、「宗教」をつくってくるんだ。マイ・宗教を。ただ、調べるだけじゃおもしろくない。だったら、つくるほうがずっとおもしろい。でも、こういうことをいうと、怒られるかもしれない。いや、絶対に怒られる。まあ、おとうさんは怒らないけどね。

おとうさんが、こういってた。

「おとなは、子どもにはたいせつなことは教えないんだよ」って。


「どうして?」

「そりゃあ、ほんとうにたいせつなことを子どもが知ると、おとなにとって、いろいろ不都合だからさ」

「おとうさんも、あまり教えてくれないよね」

「そりゃ、そうだよ。でも、おとうさんの場合は、理由がちょっとちがう。たいせつなことは、自分で調べなきゃならない、と思ってるからだ。そして、きみたちにとってなにがたいせつなのか、ほんとうにわかっているのは、きみたちのほうだからだ」

「そうなの?　ぼく、わかってるのかなあ」

「わかってるとも！」

おとうさんは、ぼくたちが、ぼくたちにとってたいせつなことをわかっている、といってる。だったら、いいけどね。おとうさんが考えているより、ぼくは、ずっとおバカさんなのかもしれない。

いま、ぼくは、ここにいる。それが、なんだかすごく不思議だ。

おとうさんの部屋では、おとうさんが、おとうさんにとってたいせつななにかをしている。そのせいで、ぼくたち子どもが寝るべき時間を過ぎているのに気づかない。おかあさんは、おかあさんの部屋で、薬を呑んで眠っている。でも休んでいるんじゃない。そんな気がする。おかあさんはおかあさんで、ぼくの知らないなにかと戦っているんだ。そして、この静かな部屋には、一度寝ると絶対に起きないキイちゃんとぼくがいる。キイちゃん、ほんとに起きないんだよね……。

おとうさんとおかあさんとぼくとキイちゃん。そのうちのふたりは眠っているし、もうひとりは、いまはきっと、他の三人のことも忘れている。でも、ぼくたちは、ものすごく強いなにかで結びついている。

そう。ぼくが知りたかったのは、そのことなのかも。この静かな夜に、このちいさな家の中に、おとうさんとおかあさんとぼくとキイちゃんがいる。ここは、ぼくたちの「くに」だ。ぼくたちは、というか、おとうさんとおかあさんは、ここに「くに」をつくろうとした。それから、しばらくして、ぼくがきて、それから、キイちゃんがきた。おとうさんとおかあさんがつくった「くに」の「こく民」になるために。でも、おとうさんは、いま、おとうさんがつくった「くに」にいるし、おかあさんは、おかあさんしか知らない、だれも入れない、おかあさんの「くに」にいる。キイちゃんだって、そうだ。親指をすいながら、キイちゃんは、キイちゃんの「くに」の中にいる。ぼくだってね。

ぼくたちは、みんな、別々の「くに」にいて、それで、同時に、四人の「くに」の中にもいる。そんな気がする。それから、もっと別の「くに」に属しているのかもしれない。そういうのは、「くに」っていわないのかな。もっと、別のいい方があるのかも。ぼくが間違っているんだろうか。「くに」じゃなくて、「国」しかない、とか。そうじゃない、とぼくは思うけれど。今度、肝太先生や、理想先生にきいてみよう。

それから、ぼくは、知り合ったばかりの「アイと雪の女王」さんのことを考えた。「アイと雪の女王」さんの、ちょっと変わった、歌舞伎みたいなものをやっているひとたち、その家族のこと、「アイと雪の女王」さんたちがつくっている「くに」のことを。そのときだった。声がきこえたんだ。

「いやだ」

強く、はっきりした声だった。キイちゃんの声だった。ぼくは、キイちゃんのところに、そっと近づいた。そして、キイちゃんをみつめた。

「いやだ」

キイちゃんは、もう一度、はっきりした声でいった。ぼくは、しばらくキイちゃんの横に立っていた。やがて、キイちゃんは寝息をたてはじめた。

でも、キイちゃんの閉じた目から、一つ、ちいさな涙の粒が溢(あふ)れた。キイちゃんは、ふだん、絶対に「いやだ」っていわない。でも、キイちゃんがみている夢の中で、キイちゃんは、そういったんだ。なぜだろう。「そこ」で、なにがあったんだろう。キイちゃんがいやだったものって、なんだったんだろう。ぼくは、キイちゃんを起こしたほうがいいんだろうか。

「そこ」でなにがあっても、ぼくにはわからないんだ。きっと、キイちゃんはなにもいわないだろう。もしかしたら、覚えていないかもしれない。ぼくが知っているのは、やさしくて、マンガが好きで、朝起きるのが苦手なキイちゃんだ。ジーンズはボタンが留められないので、絶対にはかないキイちゃんだ。でも、ぼくは、キイちゃんのことをどこまで知ってるんだろう。おとうさんのことも、それから、おかあさんのことも。

知らなくてもいいような気もする。だって、ぼくたちは、同じ「くに」の「こく民」で、そのことだけはわかっているから。

ぼくはゆっくりとキイちゃんを抱えた。一度寝ると、キイちゃんは起きない。絶対にね。そして、朝まで、夢の中にいる。ぼくはキイちゃんを抱えて、二段ベッドに運んだ。キイちゃんは、下の段だ。上の段だと危ないから。でも、下の段のほうには、「しきり」がないから、キイちゃんは、しょっちゅう落ちる。それでも、起きない。落ちて、床に転がったまま、指をくわえて眠っている。だから、ぼくは、ときどき、キイちゃんをベッドに戻す。「憲法」で決まっているから。いや、決まってなくても、やってあげるけれど。

キイちゃんに毛布をかけると、ぼくは、「おやすみ、キイちゃん」といった。すると、キイちゃんが、なにかをいった。

「なに？　なにかいった、キイちゃん？」

ぼくは、キイちゃんが返事をするのを待った。でも、そんな必要はないみたいだった。だって、それは、夢の中でいったことばだから。そして、ぼくは、子ども部屋のドアを閉め、洗面所にいって、歯を磨き、すぐに子ども部屋に戻ろうとした。おとうさんの書斎に灯がみえた。おとうさんになにかいいたいことがあるような気がした。でも、やめておこう。おとうさん、おやすみ。

それから、いくつかのことがあった。ぼくたちの「くに」は、少しずつ、形ができていった。「憲法」や「こっき」について、あるいは「こく民」について、ぼくたちははなしをしたり、考えたりした。ときには、学校で、ときには、家で、ときには、ネットの上で。

ユウジシャチョーが提案して、ユーチューブにも投稿してみた。四人がカメラの前に立って、それぞれの「こっき」や検討中の「憲法」の中身について会議をしてみた。それだけじゃつまらないって、ユウジシャチョーがいうので、他の人気があるユーチューバーたちがやるように、四人で「黒ひげ危機一発」をやっているところを中継してみたりもした。でも、なんかちがうと思ったけれどね。

「アイと雪の女王」さんの他には、新しく、「こく民」になりたいと応募してくるひとはいなかった。だから、ぼくたちは「アイと雪の女王」さんともよくはなしをした。一度も会うことはなかったけれど、それで不満はなかった。

アッちゃんは、「アイと雪の女王」さんは、ぼくたちより年上だと思う、っていっていた。なんだかちょっとおとなびている感じがしたから。でも、女の子というものは、同い年でも、おとなびているからね。だいたい、学校の女の子たちときたら……。

そんな、ある日、「アイと雪の女王」さんから、ぼくのところに、こんなダイレクトメッセージが届いた。

「ランちゃん、こんにちは。いつも、付き合ってくれてありがとう。はやく、『名前のないくに（仮）』の（仮）がとれて、ただの『名前のないくに』が生まれるといいですね。わたしも、『名前のないくに』の『こく民』になるのが楽しみです。さて、今日は『お誘い』です。おとうさんが『名前のないくに（仮）』のみなさんを、お家にご招待したいそうです。じつは、わたし、おとうさんに、みんなのことをしゃべってしまいました。ごめんなさい。おとうさんには黙って、みんなと夜、はなしていたら、おとうさんにみつかっちゃったの。というか、ずっと前から、わかっていたみたい。わたしのおとうさんも、ランちゃんのおとうさんと同じで、とてもやさしいひとです。だから、しばらくは放っておいてくれたんだけど、ある晩、わたしが寝たふりをして、パソコンに向かっていたら、おとうさんが突然、部屋に入ってきました。『さて、説明してもらおうか』っておとうさんがいったの。もう誤魔化せなかった。でも、誤魔化す必要なんかないでしょ。悪いことなんかしてないんだから。だから、わたしは、おとうさんに正直に、ランちゃんたちのことをはなしました。そしたら、おとうさんは、『そりゃあ、なかなか愉快なはなしだね！　自分たちの手で「くに」をつくる！　悪くない。それで、きみもその一員になろうというわけか。どんな子たちなのか、おとうさんも会ってみたいね。どうだろう、われわれの家にきてもらったら』っていったんです。おとうさんが、わたしの友だちを、家に呼んでもいいっていうのは初めてです。すごくうれしかった。そういうわけで、みなさんをご招待します。わたしの家に遊びにきませんか？　ほんとうは、いろいろ詳しく連絡したいし、家にきてもらう前に、気軽に会っておはなしもしたいの。でも、わたしの家には、いろいろややこしいことがあって、それも難しいんです。なんていうか、古いしきたりとか、いろんな制約があるんです。それは、おとうさんの力でもなんともなりません。なので、失礼とは思いますが、きてくださるとうれしいです。そうそう、おとうさんが、こういっていました。もし良ければ、ランちゃんたちだけじゃなく、ランちゃんのおとうさんもどうぞ、って」

もしかしたら、歌舞伎の家じゃなく、もっと面倒くさい……いや、もっと古いしきたりのある家なのかも。たとえば、お能とか？　アッちゃんは、「アイと雪の女王」さんの家は、ものすごく由緒のあるお寺じゃないか、って推理してる。そうでなければ、神社の可能性もある、って。なるほど。そうなのかも。それから、お茶とかお花とか、そういうことをやっている家の可能性はないかな。そんな家も、古くからあるし、なんだかたいへんそうだ。うーん、困った。お茶をだされても、どう呑んでいいのかわからないよ。一度、おばあちゃんの家で、お茶を「たてた」ことがあったけど、ずっと座っていたので、足がしびれたしなあ。お行儀が悪い、って思われちゃうかなあ。

でも、結局、ぼくたちはいくことにした。だって、もうずっと前から、「アイと雪の女王」さんは、ぼくたちの友だちだった。っていうか、同じ「こく民」だったんだから。会って、はなしてみたかったんだ。

もちろん、おとうさんにもはなした。すると、おとうさんは、ちょっと考えて、それから、指をこめかみにあてて、さらに考えていた。そして、こういった。

「おもしろそうだね。そりゃあ、いかなきゃなるまいね。きみたちの保護者としては」

そして、ある休日の、とても気持ちのいい晴れた昼下がり、ぼくたちは、でかけたんだ。

17・不思議の国のお茶会

アッちゃん、ユウジシャチョー、リョウマたちは、ぼくの家に集まった。決められた時間になると、玄関のチャイムが鳴った。ピンポン！　ぼくはドアフォンに向かってはなしかけた。

「宅配便ですか？」

「ちがいます。お迎えにあがりました」

ぼくたち、「名前のないいくに（仮）」の四人、それから、おとうさんは家の外にでた。道に、黒い、おおきな車が停（と）まっていた。その車の横には、黒い制服みたいなものを着て、赤いネクタイをしめて、それから、白い手袋をはめ、帽子をかぶった男のひとがいた。その男のひとが、こういった。

「みなさまをお待ちしております。どうぞ、お乗りください」

ぼくたちは車に乗りこんだ。おとうさんを入れて五人みんながうしろの席に座れるぐらいのおおきな車だった。見送りにでてきていたおかあさんがいった。

「ランちゃんたち、行儀良くしてね！　いってらっしゃい！」

「いってきます」ぼくは答えた。そして、車は、ゆっくりと動きだした。滑るように、っていうのかな。音もしないし、まるで揺れないんだ。

車が動きだして、すぐに、リョウマが、その男のひとにいった。

「すいません。質問していいですか?」

「わたしに答えることができる範囲内なら」

その男のひとは、うしろを振り返らず、真っ直ぐ前を向いたまま、そういった。

「この窓ガラス、色がついていますね」

「スモークガラスです。外からは、中の様子がみえません」

「怪しいですね」

「そんなことはないと思いますが」

「おじさんは、『アイと雪の女王』さんの家の専属の運転手さんですか?」

「そうです」

「ふーん、『アイと雪の女王』さんのお家はお金持ちなんですね」

「そういうわけでもないのではないかと思いますが。ところで、みなさまは、お……嬢さまを『アイと雪の女王』さんと呼んでいらっしゃるのですか?」

「そうですけど。そういえば、『アイと雪の女王』さんの本名知らないんだよ、ぼくたち!

なんてこった! どう呼べばいいんだろう。運転手さん、教えてくれる?」

「わたしの一存では、なんとも……。お会いになれば、わかると思いますが」

「運転手さん、『アイと雪の女王』さんの家に勤めて長い？」

「そうですね。長いのではないでしょうか」

「ねえ、『アイと雪の女王』さんの家って、歌舞伎役者でしょ、ちがう？」

「ちがうよ。『アイと雪の女王』さんの家のお仕事は、古い旅館かなんかじゃないの？　ぼくはそう思うんだよね」とユウジシャチョーがいった。

「そうかなあ。お寺か神社じゃないかと思うんだけど」とアッちゃんがいった。

「この中に正解はありますか？」とぼくがいった。すると、その男のひとは、やはり前を真っ直ぐ向いたまま、こう答えた。

「坊っちゃま方、心配なさらなくても、すぐにわかります」

車はゆっくりと、どこかへ向かって進んでいった。でも、あまりに静かなので、動いているようには思えなかった。おとうさんは車の窓枠にひじをついて、外を眺めながら、考えごとをしているようだった。そして、ぼくたちは、やがて無言になった。

不意に、ぼくはこうたずねた。なんとなく。

「運転手さん、いま、どこを走っているんですか？」

すると、男のひとは、ほんとうに静かに、囁くように、こういった。

「コウジマチ区です。ウチヤマシタ町のあたりを通っています。ロクメイカンのあるあたりです」

そこはどこだろう。きいたことがない場所だった。そのことを、男のひとにきいてもいいのだろうか。ぼくは、おとうさんをみた。おとうさんは、あいかわらず、外をみつめたままで、なにもしゃべろうとしなかった。だから、ぼくも黙ることにしたんだ。そして、時間がたった。

気がつくと、車が止まったみたいだった。

「到着しました」

男のひとは、そういった。そして、ゆっくりとドアを開けて、外にでると、ぼくたちが座っている、うしろ側のドアを開けてくれた。

「どうぞ。お降りください」

そして、ぼくたちは、車の外にでた。

ぼくたちは、森の中にいて、木々に囲まれていた。冷たい、緑の匂いのする風が吹いていた。それから、どこからか、水の匂いもした。とても、新鮮な水の匂いだ。

こわいほどに密集した木々の向こうに、たくさんのビルがみえた。なんだか、変な感じだ。

「いらっしゃいました」

男のひとがいった。ぼくたちは、男のひとがみつめているほうをみた。

森の中のちいさな道、その向こうから、だれかがやってきた。女の子だった。その女の子は、ぼくたちの前までくると、立ちどまった。いや、ぼくの前まできて、立ちどまった。そして、ぼくに向かって、こういった。

「あなたが、ランちゃんね。そうだと思った。初めまして。『アイと雪の女王』です」

すごく濃い緑色の森の向こうに、たくさんのビルがみえて、どのビルにも、たくさんのたくさんの窓があった。

その窓の中には、ひとがいて、たぶん働いたりしている。でも、ぼくたちがいるこの場所は薄暗く、深い森の中で、音もきこえてこない。ものすごく静かで、なにもかもがゆっくりとしている。不思議だ。こんな場所がトーキョーの真ん中にあるなんて、ぼくは知らなかった。

いま、なにか、音がきこえた。水の音。魚がはねるような、そんな音が。

女の子は、ぼくを真っ直ぐ、みつめていた。いけない。ぼんやりしちゃった。


「初めまして」ぼくはいった。

「ランちゃん、です」

「お会いできてうれしいです。それから、わたしの家にきていただいてありがとう。みなさんを、紹介してもらっていいかしら」

「もちろん！　でも、『アイと雪の女王』さん……って、呼びにくいですね。長くて」

「アイちゃん、でいいです」

「わかりました……アイちゃん」

ぼくは、アイ……ちゃんに、友だちを紹介した。アッちゃん、ユウジシャチョー、リョウマ。それから、おとうさんを。

「こんにちは。お招きありがとうございます」おとうさんがいった。

「ようこそ。では、こちらへ」


アイちゃんは、くるりと、背をぼくたちに向けると、真っ直ぐ歩きだした。ぼくたちは、アイちゃんのあとについて歩いた。アイちゃん、ユウジシャチョー、リョウマ、ぼく、おとうさん、運転手さん。そんな順番で。

ぼくたちが進むと、足もとで、道が柔らかくはずんだ。それから、周りの木が、ざわざわと音を立てた。それから、葉っぱたちの、さわさわという音もした。なにかがこすれる、さくさくという音も。しばらく歩くと、今度は、ちいさな石ばかりのところを通った。今度は、石たちが、音を立てた。キュッキュッ、と。ざわざわ。さくさく。キュッキュッ。それだけじゃなかった。シュッシュッ、スルッスルッ、カッカッ、トゥットゥッ。いろいろな音が、いろいろな方向からきこえてきた。シャカシャカシャカシャカ。中には、ソロバンを振ってるみたいな音も。懐かしいな。ぼくは、ソロバン塾にいってた頃のことを思いだした。でも、どうして、こんなところで、ソロバンなんだろう。

急にリョウマが振り返った。

「ランちゃん」

「なに?」

「みた?」

「えっ、なにを?」

「ぼくたちが歩いてきた繁みの中に、ちっちゃなにんげんがいた」

「ちっ……ちゃなにんげん? なに、それ」

「だから、ちっちゃなにんげんだよ」

リョウマは、ちょっとだけおおきな声になった。

「どのくらいの?」

「わかんない。二cmか三cmぐらい。それでもって、カサをさしてた」

「カサ?」

「わかんない。カサじゃなくて、葉っぱなのかも。とにかく、それを手にもって、頭の上でカサみたいに振っていたんだ。ぼくに向かって」

「リョウマ」

「なに?」

「そんなにんげんいないよ。アニメのみすぎじゃないの？　えっと『借りぐらしの』なんとか」ぼくはいった。

「そうかなあ……だいたい、ぼく、アニメ、みないし」

ぼくたちは、さらに先に進んだ。どこまでいっても緑ばかりだ。すると、また、リョウマが振り返った。

「ランちゃん」

「なに？」

「また繁みの中に、にんげんがいた」

「カサをもってるこびと？」

「いや、なにももってなかった。ただちっちゃいだけのおばあさん。木にあいた穴から、ぼくたちをみてた」

「リョウマ」

「なに？」

「気のせいだよ」

「そうなの？」


なにもなかったみたいに、ぼくたちは歩きつづけた。でも、ぼくも気づいていたんだ。なにかがいるような気がした。そして、そのなにかは、ぼくたちの周りにいた。そして、ぼくたちのあとをずっとついてきたりもしていた。

こわくはなかった。当たり前に思えた。だって、ここは、そういうところなんだ。ここには、ことばにできない、なにかビミョーなものがある。どうしてことばにできないんだろう。知らないものだからだろうか。いや、そうじゃない。それを、ぼくは確かに知っている。そんな気がする。でも、もうすっかり忘れてしまった、たいせつななにか。死んだおばあちゃんの写真をみているときみたいに。いや、それでもない。もしかしたら、一度も会ったことのない親戚なのに、懐かしい気持ちになる。そういうものなのかも。ごめん。ぼくには、うまくことばにできないや。

ここでは、一つ一つのものに、はっきりとした輪郭がある。一つ一つのものが、みんないい匂いがしている。一つ一つのものが、きちんと一つ一つのものである。

ああ、ぼくがいっていることがわかってもらえたんだろうか。わかってもらえないと思う。だって、しゃべっているぼくだって、意味がわからないんだから。

それがどういうことなのか、ぼくも知りたい。そして、そのことがもっときちんとわかるためには、たくさんの時間が必要なんだ。そんなふうに思えた。ぼくは、リョウマがみたといった、こびとのことを考えた。こびとの村にある、数㎝しかない家、数㎜しかない家具やおもちゃのことを考えた。そして、なんだか愉快になった。

家族を大事にしたい。急にそんなことも思った。友だちともっと仲良くなりたいとも。なんでだろう。なぜ、こんなことばかり考えるんだろう。とても楽しい。まるで、ぼくが、いつもよりずっと「いい子」になったみたいな気がする。


「いいお嬢さんですな」おとうさんがちいさな声でいうのがきこえた。

「同感です」運転手さんがちいさな声で答えた。

「じつによろしい。背すじが伸びて、真っ直ぐ前をみて歩いている」

「そこですか?」

「そりゃあ、あなた、大事なことですよ」

「そうかもしれませんが」

「初対面の相手への声のかけ方もいい。強すぎず、弱すぎず。距離もちょうどだ」

「なるほど」

「それから、なにもかもがゆっくりしていらっしゃる。動きも、はなすときも」

「なるほど。現代的じゃない良さがある、ということでしょうか」

「いや、そう簡単なはなしではありませんよ。ご存じですか、たとえば、明治時代は、いまより、みんな早口だったんです」

「そうなんですか!」

「ええ、これは、当時の落語や会話が録音されたレコードをきいていて気づいたんです。それから、残っている、古い映画をみてもそうなんですよ。そこで、調べてみたわけなんですね。すると、晩年の勝海舟が『昔のほうが早口だった』と書いている。ということは、明治よりも江戸時代のほうが早口だったわけです。歩き方も、いまより明治、明治より江戸時代のほうがせかせかしていたようです」

「そうなんですか！」

「どうも、時代を遡るほど、動きも会話も速かったのではないか。そんな気がするんです。だから、昔のほうが、なんでもゆっくりしていた、というのは、まったくの誤解なわけですね」

「そうなんですか！」

「実際、正反対の意味で伝わっているものも多い。伝統といわれるものの多くは、たかだか百数十年前に誕生したんです。でも、その中で、終始一貫、時代と関係なく、ゆっくりとはなし、ゆっくりと動いていたひとたちもいたわけですが」

「なるほど」

「ここのお家の方たちも、そうなんじゃないでしょうか」

「なる……いや、同じ返事ばかりですみません。すっかり感心したもので」

ぼくたちは橋を渡った。橋の下には川が流れていた。魚が川ではねるのがみえた。みたことのない魚が。そして、魚は、スローモーションみたいにゆっくり、身をくねらせながら、落ちていった。ポチャッ。

やがて、ぼくたちは、ある場所にたどり着いた。そこは、森のいちばん奥のように思えた。ただもう木ばかりがあるところだった。そこに、ポツンと一つ、おおきな建物があった。その前では、黒い服を着た男のひとと灰色の服を着た女のひとが待っていた。ふたりとも、とても感じのいいひとだった。なんだか、保育園の園長さんと副園長という感じだった。

「お待ちしておりました」男のひとがいった。

「お茶会の準備はできております」女のひとがいった。

「ありがとう」アイちゃんがいった。

それから、ぼくたちは、男のひとと女のひとに連れられて、建物の中に入った。その建物の中も、ひとがつくったものじゃなくて、なんだか森の中みたいだった。なにもかもが静かで、さびしいくらいだった。

いくつかの部屋を通りすぎて、最後に、ぼくたちは、がらんとしたおおきな部屋の中に入った。部屋には、おおきなテーブルがあって、真っ白な布がかけてあった。その布の上には、お皿が並べられ、ケーキやバナナやチョコレートが置いてあった。そんなにゼイタクな感じじゃなくて、それが、なんとなくいい感じだった。

「どうぞ、お座りになって」

そう、アイちゃんがいったので、ぼくたちは、みんな席についた。

「おとうさんとおかあさんを呼んできます」

そういうと、アイちゃんは、部屋をでていった。

「おとうさん」ぼくはいった。

「なんだい？」

「どうしよう」

「なにが？」

「緊張してきた」

「そりゃそうだよ。よそのお家に招かれたんだから。緊張して、当たり前だ」

「オシッコが漏れそう」ユウジシャチョーがいった。

「トイレにいけば」アッちゃんが冷たくいった。

「そういう意味じゃないよ。ヒユだよ！」ユウジシャチョーがぷりぷりしながらいった。

アイちゃんが、男のひとと女のひとと一緒に部屋に戻ってきた。ぼくたちは、一斉に立ち上がった。

「そのままで。立ち上がらなくても、けっこうです」男のひとはいった。すごくやさしい感じで。

「ようこそ、いらっしゃいませ」女のひとがいった。その女のひとも、ものすごくやさしい感じだった。

「さて」男のひとは立ったまま、いった。

「今日は、わたしたちの家のお茶会にきていただいてありがとうございます。娘がいつもお世話になっています。一度、みなさんとおはなししたいと思っていました。わたしたちもふだん忙しく、こんなふうに、娘のお友だちとはなす機会はありません。ですので、とてもうれしいです。ここは、ちょっと変わった場所ですが、どうかくつろいでくださいね。給仕をするものに、お好きなのみものをいってください」

そして、お茶会がはじまった。ある日の午後のことだった。


「アイちゃんのおとうさん」

「なんですか」

「ちょっと、質問していいですか？」

「どうぞ」

「あのお……アイちゃんのお家は、なにをやってるんですか？　職業はなんだろう、って。みんなで考えたんです。歌舞伎役者の家じゃないか、とか。古い旅館をケイエイしてるんじゃないか、とか。それから、お寺か神社かも、とか。でも、その、どれでもないですよね。なんとなく。じゃあ、なんだろう。それから、この、お家、ものすごくおおきいじゃないですか。ということは、たぶん、お金持ちなんだろうとは思うんですけど」

「ランちゃん」おとうさんが、ちょっと困ったような顔になって、ぼくにいった。

「みんなもそうだが、興味をもつのはわかるけれど、初めてうかがったお家のひとに、職業をきくのは失礼じゃないかな」

「かまいませんよ」アイちゃんのおとうさんはニッコリ笑っていった。

「わたしの職業、というか、わたしの家が関わっている『お仕事』は、ちょっと変わっていると思います。まず、だいたい、この『お仕事』をしているにんげんは、たいへん少ない、ということです」

「少ないんですか？」

「はい」

「どのくらい？」

「そうですね。たぶん、この国では、わたしの家ぐらいじゃないでしょうか」

「そうなんですか！　驚いた。でも、それは、ものすごく貴重だ、ってことですね」

「そうともいえます。とにかく、数が少ない、ということが、わたしたちの『お仕事』の特徴です。それから、もう一つ、どういう仕事なのか、と質問されると、いま、ランちゃんがたずねたように、説明するのが難しいのです。確か、ランちゃんのおとうさんは、小説家でしたね」

「はい」

「ランちゃんのおとうさんのお仕事も、されている方は少ないと思います。でも、『小説家』というと、だれだってわかる。そうですね？」

「そうです」

「でも、わたしたちの『お仕事』は、どの業種にも属していないんです」

「どうしてですか？」

「たぶん、『お仕事』だとは思われていないからじゃないかと思います。あえて、説明するなら、『国を成り立たせる』お仕事、かな」

「ずいぶん、変わったお仕事ですね。でも、すごく興味があります！　だって、ぼくたちも、あの……『くに』をつくろうとしているので」

「そうなんですってね」アイちゃんのおかあさんがいった。

「つまり」今度は、アイちゃんのおとうさんがいった。

「われわれは、『国』というものに関して、いろいろはなし合えるんじゃないでしょうか。なにしろ、わたしたちの『お仕事』も、きみたちがやろうとしていることも、どちらも、たいへん珍しい、という点で、それから、どちらも、『国』に関係している、という点で、同じですからね。たいていのひとにとって、『国』というものは、既にそこにあるものだけれど、われわれにとっては、そうではない、というわけです」

「アイちゃんのおとうさんの、その『お仕事』は、具体的にはなにをするんですか?」

「えっと、ですね。実際のところ、わたしたちの家の『お仕事』は、わたしの父親がやっています。アイ……のおじいさんです。わたしは、いまのところ『見習い』のようなものですね。さて、わたしの『お仕事』の内容ですが、まず、一つは、どういう仕事をしたらいいのかは、文字に書かれています」

「そうなんだ!」

「そうです。でも、問題は、それだけじゃないことです。そもそも、われわれは、われわれの仕事がなんなのかを考えるのも、『お仕事』のうちなんです。というか、わたしも、わたしの父も、その父も、それから、その前のたくさんの先祖のひとたちも、いったいこの『お仕事』はなんだろう、どんな意味があるんだろう、って考えてきたんですね。そもそも、なくたっていいんじゃないだろうか、とか。実際に、ほとんど注目されていなかった頃もあったんですから」

「自分の仕事がなんだろう、って考える仕事っておもしろいですね」

「そうですね。いま、わたしがいった、『文字に書かれている仕事』は、それほどわかりにくくありません。でも、それ以外の、はっきりとは書かれていない仕事もあるわけです。簡単にいうと、『お祈りをする』という仕事ですね」

「ほら!」アッちゃんが叫んだ。

「ぼくが予想した通りだ！　アイちゃんのお家は、神社ですね！」

「うーん、ちょっとちがうと思います」

「でも、祈るんですよね。お仕事で」

「はい」

「じゃあ、お寺ですか？　あっ、でも、ここにはお寺も教会もありませんね」

「そうです。では、質問しますが、みなさんも、なにかに祈ったりはしませんか？　明日がいい日でありますように、とか。病気のおかあさんがはやく治りますように、とか。『祈る』ということは、僧侶や神父や牧師の特権ではありません。だれだって、祈ることはするものですよね。わたしたちは、いわゆる宗教というものに関係なく、祈りを捧げてきた家でした。おそらく、そんな家も、たくさんあったのかもしれません。そして、いまでも、わたしたちと同じように、祈ることを、勝手に仕事にしている家だってあるかもしれません」

「わかりました」アッちゃんがいった。

「ここが、祈ることを仕事にしている、ということはわかりました。でも、それが、『国を成り立たせる』お仕事になっている、というのは、どういう意味なんですか？」

さすが、アッちゃん。ぼくは、そう思った。

「みなさんのお家には、仏壇はありますか？」アイちゃんのおとうさんがいった。

「あります」アッちゃんがいった。

「あります」ユウジシャチョーがいった。

「えっと、おじいちゃんの家にならあります」リョウマがいった。

「おとうさん、ぼくの家に仏壇、あったっけ？」

「あった……はずだけど。わからん。おかあさんが、ウォーク・イン・クロゼットに突っこんだかも」

「それぞれの家には、それぞれの家の仏壇があります。もちろん、お墓でもかまいません。いえ、ほんとうは、なにもなくてもかまわないのです。でも、なにか形があるほうがわかりやすいですね。それが仏壇です。では、仏壇はなんのためにあるのでしょう。死んだひとたちを思いだすためです。ですから、そのために、わざわざお坊さんを呼んで、お経を読んでもらわなくても、教会にいって、牧師さんや神父さんに、おおきな声でなにか立派な本を読んでもらわなくても、みんなで制服を着て、荘厳な歌を歌ってもらわなくても、ただ頭を垂れて、亡くなったひとたちのことを思いだせば、それで『祈る』ことになるのです。みなさんの家では、みなさんの家に、以前、属していたひとたちのことを祈っていますね。みなさんが祈っている限り、亡くなったひとたちは、みなさんの中で『生きている』のだと思います。だから、ほんとうは、たくさんのひとたちのために『祈る』ことはできません。だって、そんなにたくさんのひとたちのことを一度に思いだすのは難しいからです。だから、仏壇は、というか、仏壇みたいなものは、一つの家に一つしかないわけです。けれども、そうすると、家がないひとはどうなるでしょう。ひとりぼっちで死んでしまうひとは、思いだしてくれるひともいません。もしかしたら、家はあっても、思いだしてくれるひとがいない場合もありますね。それだけじゃありません。亡くなるのは、ひとだけではないのです。たくさんのものが失われます。そして、それらもまた、思いだすひとがいなくなったとき、ほんとうになくなるのです。わたしたちの家は、そんな、亡くなったひと、なくなったものたちすべてを弔い、思いだすために、祈ってきました。それが、わたしたちの家の『お仕事』だったわけです。いったい、どうして、そんなことになったのか、じつは、わたしにもわかりません。でも、そういうものじゃないでしょうか。気がついたときには、そういう『仕事』をしなきゃならなかったのです」

「わたしの仕事も似たようなものですね」おとうさんがいった。

「いろいろな、なくなったものたちを思いだし、それらを、あったときのように再現するのも、わたしたちのたいせつな仕事ですから」

ぼくは、アイちゃんのおとうさんが、どこか知らない場所で、祈っているところを想像してみた。たいへんそうだ。なにしろ、たくさん、祈ってあげなきゃならないものがあるんだから。おまけに、それが仕事だなんて！　ぼくには無理だ！　いくら給料が良くってもね！

「さて、ランちゃんたちに、家の中を案内してあげたらどうだね。わたしたちのはなしなんか、退屈だろうから」アイちゃんのおとうさんがいった。

「はい」アイちゃんは、そういうと、席を立った。

「ランちゃん、アッちゃん、リョウマくん、ユウジシャチョー、これから、わたしのお家を案内します。おとなたちは、おとなのはなしがあるみたいだから」

そして、ぼくたちは、「アイちゃんの家」の奥に向かって進んでいった。

そうだ。気がついたら、ぼくはひとりになっていたんだ。

＊

暗く、広い部屋の中には、ずらっと本棚が並んでいた。どこまでいっても壁で、その壁すべてが本で埋め尽くされていた。たぶん、そこは、アイちゃんの家の「図書館」だった。おとうさんの部屋や書庫にも、たくさん本があるけれど、アイちゃんの家の「図書館」には、その千倍も、本があるみたいだ。

「すごい」ぼくは呻いた。

そこは、暗くて、静かで、それから、懐かしい匂いがした。本の匂い。少し黴(かび)くさいけれど、なんだか甘い匂い。おばあちゃんが着ていた和服みたいな匂い。鉄棒みたいな匂い。

たくさんの本の中にいるのは気持ちがよかった。ぼくは、よく、おとうさんの書庫の中で寝ていた。だれもいないとき、おかあさんもいないとき、おとうさんの書庫に入りこんで、本たちの中に座りこんだ。座りこんで、本棚から本をだす。なんでもいい。手に触れた本をだす。いや、なんだか感じよさそうな本を。おとうさんがよくいっていた。読みたい本を読むなんて、態度がおおきすぎる。読まれたい本が送ってくる読まれたいというサインを感じるんだ、って。

目を閉じる。ひんやりした空気が気持ちいい。森の中にある、森みたいな建物、その建物の中にある、森みたいな図書館の中にいるのは、すごくいい感じがする。なんだか水の底にいるような気もする。青く、冷たい水の底で、横たわっている。上をみると、水面がみえる。水面は陽の光で輝いていて、輝きながら、揺れている。上のほうにちいさい窓があって、そこから、光が射しこんでいる。そんな感じだ。

よくおとうさんがいっていた。本には二種類あるって。生きているひとが書いた本と死んでしまったひとが書いた本。そして、ほんとうに素晴らしいのは、死んでしまったひとが書いた本だって。死んでしまったひとが書いた本には、なんともいえない威厳がある。だから、本を書いたら、ほんとうははやく死んでしまったほうがいいのかも。ああ、でも、おとうさんには、死んでほしくないけど。

アッちゃんや、リョウマや、ユウジシャチョーはどこにいるんだろう。この、森みたいな建物のどこかで、なにかを探しているんだろうか。アイちゃんは、どこにいってしまったんだろう。アイちゃんに、いろいろききたいことがあったのに。

しっ。静かに。なにか、音がきこえた。だれかが通りすぎてゆくような音が。それから、だれかが、ちいさい声でしゃべっているような音も。ひそひそ。くすくす。えっ？　それって？　ひそひそ。くすくす。でも、それは、みんな、気のせいかもしれなかった。

気のせいじゃなかった。ぼくの横には、裸の男のひとがいて、熱心に本を読んでいた。「本を読む」というより、「本をにらみつける」、そんな感じだった。それから、その裸のひとの頭には、髪がほとんど生えていなかった。剃っているのかも。

ああ、そうだ、じつは、裸じゃなかった。パンツみたいなものははいていた。そして、その体からは、なんだかくさい臭いがした。ぼくは、思わず、鼻をつまもうとしたけれど、それはやめた。失礼なことだからだ。

「わいは」その男のひとはひとりごとをいうようにいった。

「学問をせんならん。禁茶、禁煙、大勉強じゃ。これは、亡父の志をつぐため、父の神に誓うからじゃよ」

「あのお、ぼくにしゃべってます？」

「決まっとろうが。少年、きみは、ここでなにをしちょる？」

「えっと、迷子になったんです」

「図書館でか！」

「はい」

「じゃあ、なぜ、本を読もうとせんのじゃ！　本を読まねば、世界のことはわからん。だがな、少年。本を読むこともたいせつやが、戦うことはもっとたいせつや。そのために、いま、御国は実業を欲しておる。実業とはなんぞ？　富を致すの術なり。文明のこれ基本なりや。とはいえ、少年、御国がいかに実業を欲しようと、われわれがそれに倣う必要はないいんじゃ」

「じゃあ、どうすればいいんですか！　本を読めばいいんですか？　戦うんですか？　なにと？　なにか仕事をすればいいってことですか？」

「少年。なにか困っていることはないんか？」

「そうですね。そりゃ、悩みぐらいありますよ。おとうさんが歳をとっている、とか。おかあさんが暴力的、とか。それから、そう、いま『くに』をつくっているんだけど、なかなか難しい、とか」

「のう、少年。こういうことを考えてみるのじゃ。一匹の蝶が森の中をさまよい飛んでおる。蝶はそないな薄気味悪い森をはやく抜けだしとうて仕方あらへん。さあ、森の出口をみつけたいとき、おまえならどうする？」

「それは……できるだけ高いところを飛んで、森の出口を探そうとするんじゃないですか？」

「だがな、少年。森はどこまでもつづいておるんじゃ」

「じゃあ、どこまでも高いところへ昇ってゆけばいいんじゃないんですか」

「残念じゃな、少年。森は世界の果てまでつづいておるんじゃ。要するに、おまえは、この森から抜けだすことはできんのじゃよ。とするなら、おまえがやらなきゃならんことは、抜けだすことではあるまい。少年、限界を知らなきゃならん。そして、限界を知るためには、学ばなきゃならん。それでも、わかるのは、森が世界の果てまでつづいていることなんじゃが」

「悲しいですね」

「どうして、悲しいというんじゃ？　われわれは、森をでて、外へいかなきゃならんと教わる。

そのために、ずっと上に昇ろうとする。そして、森からでてゆく道を探そうとするんじゃ。だがな、そんな道は、ほんとうはどこにもありゃせん。なぜなら、そもそも、この世界は森なんじゃ。外なんか、どこにもありはせんのだよ。ほら」

男のひとは、顕微鏡をぼくの前に置いた。

「みてごらん」

ぼくは、男のひとのいうことをおとなしくきいて、顕微鏡を覗きこんだ。最初はなにもみえなかった。もやもやした暗いものしか。

「ピントを合わせるんじゃ。それから、じっとみつめるんじゃ」

すると、目の前の、ゆらゆら、もやもやしたものは、やがてたくさんの細かい部分に分かれた。分かれたと思うとさらに分かれ、と思うとまた分かれた。それらのことは、ぼくの視界の届く限りのあらゆる場所で起こり、気がついたときには、丸い視野のすべては、森のようなものでおおわれていた。しかも、その森は、絶えず成長していた。ぼくは、みているものから目を離すことができなかった。それは、さらに成長し、変化し、ぼくの知っているものになった。知っているものは、さらに、変化をつづけ、知らないものになり、それから、なんともいえないなにかになった。

「これはなんですか?」ぼくはたずねた。すると、その男のひとは、やさしくこういった。

「おまえが生きてる世界ともいえるし、そこにいるそれらは、ただ生きているともいえるな。

まあ、そういうわけじゃ」

ぼくは、顕微鏡から目を離した。たいせつななにかをみた。そんな感じがした。それがなんなのか、はっきりとはわからなかったけれど。

「さて」その男のひとはいった。

「おまえに、これをやろう」

男のひとは、ぼくに、ちいさなキャラメルの箱みたいなものをくれた。

「なんですか、これ?」

「みての通りじゃ。ただのキャラメルの箱じゃよ。なにかたいせつなものを拾ったり、みつけたりしたら、ここに入れるんじゃ」

「なにか、意味があるんですか?」

「意味? そんなもの、あるもんかい。意味があるから、探すんじゃない。探したいから探す。そして、みつけたら、とりあえず、とっておく。それでいいんじゃ」


「ランちゃん」

アイちゃんの声がした。振り返ると、アイちゃんが、すぐうしろにいた。

「なにをしてるの?」

「だから……知らない、裸の男のひとが……」

もう、裸の男のひとはいなかった。顕微鏡もなかった。ただ、ぼくは、キャラメルの箱を握ったまま、立ち尽くしていただけだった。

「ごめん。たぶん、夢をみたんだと思う。昨日の夜は、今日のことを考えて、よく眠れなかったから、ここで立ったまま寝ちゃったんだ」

「会ったのね?」

「だれに?」

「ランちゃん、いま、いったでしょ。『知らない、裸の男のひと』って。ここに住んでる……っていうか、いらっしゃるのよ。でも、ほとんど会ったひとはいないの。わたしも、小学校に入学する前とそのあとに、一度ずつ、お会いしただけ。おとうさんも、子どもの頃、二、三度、会えただけよ。きいたはなしだけど、他に、そのひとに会えたのは、あとなん人かいるだけだって。ねえ、ランちゃん、もしかして、キャラメルの箱をもらえた?」

「うん。これ?」

「すごい! だって、おとうさんも、わたしも、二度目に会えたとき、やっともらえたのよ。ランちゃんには、一度目でくれたのね」

「ねえ、アイちゃん」

「なに?」

「あのひとは、だれ?」

「内緒よ」

そういうと、アイちゃんはぼくの耳もとに口を寄せた。

「あのひとは、ひいおじいさまの親友だったそうよ。そして、ふたりは、ときどき、この『図書館』で会って、いろいろなはなしをしたらしいわ。それ以上のことは、わたしも知らないの」

ぼくは、掌を開いて、キャラメルの箱をみた。それは、古い、汚れた、キャラメルの箱だった。でも、それ以上でもあった。立派で、威厳があって、堂々としていた。それは、完全な立体にみえた。それ以上完全なものは、この世にないような気がした。この完全な立体を前にしたら、なにもかもが自分のことを恥ずかしいと思うだろう。そんな気がした。ぼくは、そのキャラメルの箱をあらゆる角度から眺めてみた。そして、気づいた。世界の中にあるものは、どんなものでも、じつは、みかけよりも遥(はる)かに複雑にできていることに。その箱は、ひどく汚れていて、元は、どんな文字が印刷されていたのかわからないところさえあったけれど、それ故、たった一つでも、世界と同じくらい複雑にみえるのだ。

たった一つのキャラメルの箱なのに、それは、あらゆることを教えてくれているような気がした。このキャラメルの箱の秘密がわかったら、そのときには、世界の秘密もわかるのかもしれない。

「アイちゃん」

「なに、ランちゃん」

「招待してくれて、ありがとう」
「どういたしまして」

たくさんのなにかが、ぼくたちの周りにあった。でも、それは、恐ろしいものではなく、ぼくたちを護ってくれるものにちがいない。ぼくは、そう思ったんだ。

それから、ぼくは、しばらく黙って、図書館の端のちいさな木の椅子に座っていた。アイちゃんも、ぼくの隣の椅子に座っていた。なにもいわずに。

まだ、ここにきて、そんなに時間がたっていないはずなのに、ものすごく長い時間が過ぎたような気がした。いままで、そんなことを感じたことってあるだろうか。もしかしたら、ときには、そんなことがあったのかもしれない。けれども、ぼくは、気づかずに、通りすぎていたんだ。でも、今日、ぼくは、気づいた。気づくべきことがたくさんあるってことに。

「すごいなあ、アイちゃんの家」
「どうして?」
「だって、ぼくのおとうさんもたくさん本をもってるけど、アイちゃんの家にあるのは、図書館みたいだし、しかも、ちょっと変わったひとが住んでるし、それから……あの、とてもおおきな庭にも、変わったひと……なのかな……が住んでるみたいだし」

「気がついたの？」

「うん。ぼくは、なんとなくだけど。リョウマはみた、っていってた。リョウマは、いろんなものがみえるんだ。うんとちいさい頃からね。トウホクにあるおじいちゃんの家にいったときには、オカッパで赤い服を着た、同い年ぐらいの子がいるので、仲良くなったけど、だれも信じてくれなかった、って。子どもがそんなはなしをすると、おとなは、たいてい、気のせいだよ、とか、夢をみたんだよ、とか、ウソだ、とか、いうんだ。ああ、でも、オカッパの子のときは、ボケてなん年も寝ているひいおばあちゃんだけは、それはザシキワラシっていうんだよ、っていったみたいだけどね。だから、リョウマは、そういうことはいわないようになっていたんだ。自分がみたもののことは。でも、いまの学校にきて、あるとき、校庭で焚き火をしていたら、煙がモクモク上がって、リョウマは、その煙の中に、怪物みたいなものがおかしな動きをしているところをみたんだ。怪物、っていっても、形がどんどん変わっていくから、お化けみたいだったり、象やライオンやドラゴンだったり、生きてる建物だったり、いろいろだった。だから、リョウマは、つい、ああなんて凄い怪物なんだ、カッコいいってつぶやいた。ちょうどそのとき、リョウマの横には、ハラさんがいて、どうしたのリョウマくん、っていったんだ。ああほんとのことをいったら、また変な子だっていわれる、せっかくこの学校にきたのにまた別の学校にいかなきゃなんない、そう思って、リョウマは、いえ別になにか煙の中に怪物みたいなものがみえた気がしたんです、でも気のせいです、煙がそんなふうにみえるなんて、っていったんだ。すると、ハラさんは、リョウマくん、いや、それは気のせいじゃないかもしれない。煙の中には、エンエンラという怪物がいるんだそうだ。わたしも一度はみてみたいと思って、煙をみているときはいつも目を凝らしているんだが、残念だけどみたことがない。どうも、エンエンラは心のキレイなにんげんにしかみえないらしいんだよ。確かに、それでわたしにはみえないのかも。リョウマくんがみえるとすれば、じつに素晴らしい！　最高だ！　そういって、ハラさんは、それからしばらくリョウマと一緒に煙をみつめていたんだって」

「まあ、素敵！」

「リョウマはいろんなものをみて、それを、そっとぼくたちに教えてくれる。ぼくたちが気づかないところに、たくさんのなにかがいて、それはじっとぼくたちをみつめているって。ただたべるのが好きな男の子じゃないんだよね。でもね、ほんとうは、ぼくたちも、ハラさんみたいに、感心ばかりしていられない。リョウマにはみえて、ぼくたちにはみえない。なにかは感じるけれど、みることができない。もしかしたら、それはすべてリョウマの思いすごしなのかも。そう疑ったりもする。でも、きっと、リョウマはみたんだと思う。だって、リョウマにはウソをつく理由がないんだもの」

「ランちゃんは？」

「ぼくにはなにもみえなかった。でも、なにかがいるのは感じたんだ。それは、きっとリョウマがみたなにかなんだと思う。この場所に入ってきたときから、そんな感じがしたんだ。なにか、とても懐かしい感じがするんだけどね」

「こわくない?」

「こわくないよ。おとうさんが、ほんとうにこわいのはにんげんだけで、真夜中に森の奥にいてもなにもこわくない、っていってるから。まあ、アフリカのジャングルなら別だけど」

「ならよかった」

「ねえ、アイちゃん」

「なに、ランちゃん?」

「『あれ』は、っていうか、『あれら』はなんなの? アイちゃんは、よく知ってるんだよね。『あれ』は、アイちゃんのお家の『お仕事』となにか関係があるの?」

アイちゃんはちょっと困った顔つきをした。それから、ぼくの顔をみつめて、アイちゃんははなしはじめた。


「わたしはここで生まれたの。生まれたときからずっとここにいて、ここで育った。いつもたくさんの緑に囲まれていたわ。それから広いお家と。他に子どもはいなかった。ここに子どもはわたしだけだった。学校にいくようになって、自分が、他の子どもとは違うんだとわかった。もちろん、そんなことはだれもいわないけれど、すぐにわかったの。わたしはいつも『特別』

扱いだった。そうじゃなくて『ふつう』に扱われるのだけれど、『ふつう』に扱われるためには、『特別なやり方』が必要だった。だから、わたしの周りには、いつもたくさんのひとたちがいた。いつも。友だちはいなかった。たくさんのひとたちが周りにいると他の子どもは寄ってこないわ。もちろん、そのたくさんのひとたちは、少し離れていてくれるけれど、やはりいつもわたしの周りにいた。それなら、家にいるほうが楽しかった。森があって、それから、ランちゃんのいう『あれ』もいたから。わたしもちいさな頃から、『あれ』がいることを知っていた。庭にでて、繁みに向かって走りこむ。すると、ついさっきまでなにかがいた証拠に、木の葉が不自然に動いていた。『あれ』だ、と思った。姿をみせてほしい、と。でも、結局、わたしは『あれ』をみることができなかった。わたしはずっと本を読んでいた。いえ、正確にいうと、本を『きいていた』の」

「どういうこと？」

「よく覚えていないのだけれど、ちいさい頃は、おかあさんがいつも、絵本を読みきかせてくださった。でも、それからすぐに、おかあさんの具合が悪くなった。いまでも、おかあさんは、ときどき具合が悪くなるの」

「うちと同じだ！」

「そこで、おばあさまが、心配されて、『ウバさま』を寄越してくださった。『ウバさま』は、おとうさんが子どもの頃、『乳母』の役をされていた。だから、とても年寄りなの。それに、本職は、『乳母』じゃなかった」

「なんなの?」

「『図書館』の『管理人』よ。この図書館の他に、おじいさまのところにも図書館があるの。『ウバさま』は、そちらのほうの管理人だった。でも、特別に、わたしのところにいらして、わたしに本を読んでくださるようになった。それから、わたしは、ずっと、おかあさんではなく『ウバさま』の膝の上で、『ウバさま』が朗読する本をきいて育ったの。『ウバさま』の朗読は、ほんとうに素敵だった。そのおはなしによって、その場面によって、『ウバさま』は声を変えるの。チョコレートみたいに甘い声、リンゴみたいに甘酸っぱい声、ピーナッツみたいに固い声、春の風みたいに柔らかい声。だから、ただきいているだけで、楽しくて、時間が過ぎてゆくのを忘れたわ。『ウバさま』は変わっていた。そう思うの。たとえば、バスがこないというおはなしを読んでいるでしょう。『でも、バスはきません』と『ウバさま』がいう。その本の『バス』という文字がわたしにはなんとなくわかって、『これ、「バス」っていう字?』と『ウバさま』にたずねる。すると、『ウバさま』は『お嬢さま、まだ、字を覚える必要はありません』とおっしゃった。その次に、ずっといつも震えているおばけのはなしを読んでいるときに、『これ、「ブルブル」っていう字?』とたずねる。すると、『ウバさま』は『お嬢さま、いいですか、字を覚えるのはできるだけあとにしたほうがよろしいのです。字なんかみないで、わたしの声をおききください』とおっしゃった。だから、わたしは小学校に上がる直前まで、字が読めなかったし、書けなかったの」

「レイカちゃんみたいだ！　アイちゃんみたいな子が、うちの学校にもいるよ！」

「そうなの？　うれしいわ。でも、わたしは、いつまでも字を覚えないでいるわけにはいかなかった。だから、字を習うことになったけれど、『ウバさま』のおはなしをきいているときのようには楽しくなかった。『ウバさま』は、ほんとうにたくさんの本を読んでくださった。おかしなおはなし、おとぎばなし、神さまや怪物がでてくるおはなしも。けれど、『ウバさま』は、もうお歳だったので、そんなにたくさんは本を読むことができなかった。だから、わたしは、『ウバさま』が帰られたあと、図書館の中をひとりで歩くようになったの。本たちが集まる森の中を。至るところ本だらけだった。もちろん、図書館の中だから、当たり前なんだけれど。わたしは、あらゆる場所に座りこんで、本を読んだ。わたしがしたことを『読む』といっていいのかわからない。だって、わたしは、字を知らなかったんだもの。『ウバさま』にいわれて、一度覚えた字を忘れることにしたんだもの。でも、不思議なことに、その本になにが書かれているのかはわかった。その本に近づくとわかり、触るともっとわかり、頁を開くと、なにが書かれているのかわからないはずなのになにが書かれているのかがわかった。いまは、もう字も全部読めるけれど、あの頃のようには、本に書いてあることがわからなくなった。字なんか覚えたせいだわ。そうやって、わたしは、本を『読んだ』の。この図書館には古い本が多かった。おじいさまの時代の本、その前のおじいさまの時代の本。それよりももっと昔の本。

図書館の奥にいくほど、並べてある本が古くなる。古い本たちはたいてい威厳があった。そして、ユーモラスな感じがした。もっと古い本たちは頑固な感じがした。頁を開くと、『おや、おちびさん、おまえさんに、わたしが読めますかね？』といっているような気がした。だから、悔しくなって、頁をめくった。すると、それは、奥さんを追いかけて黄泉国(よみのくに)まで歩いていった男の神さまのはなしだとわかった。『字は読めないけれど、わかったわよ』とわたしがいうと、その本は悔しそうに『まあまあだな』といったわ。どの本もおもしろかった。だから、わたしは、どんどん図書館の奥へ入っていった。奥へいくほど図書館は静かになったわ。どこも静かなのに、静かさにも種類があるのね。ほんものの静かさとにせの静かさ。そんな感じがしたわ。奥のほうの本棚は木で出来ていた。それも古い木だった。さらにさらに奥にいくと、本棚の木の表面はざらついて、中には枝が生えているものもあった。それでも、もっと奥へわたしは入っていった。それがどんな本棚でも、そこに本があるなら、わたしはなにもこわくなかった。ときどき、遥か遠くから、わたしを呼ぶ声がきこえた。わたしの名前を呼んで、部屋に戻るように、と声がいった。そのときには、残念だけれど、戻るしかなかった。あるとき、わたしは、それまででいちばん、図書館の奥にいたの。もう、どの本棚も、ただの樹にすぎなくて、枝と枝の間、幹のウロの中に、たくさんの本が積んであった。そして、その本たちはというと、印刷された紙ではなくて、まるで木の葉か木の皮に直接、書かれているみたいだった。わたしは、その中から本を選んでは、頁をめくった。すると、耳に気持ちのいい音がした。そして、どの本たちも、いままでみたことがないくらい、高貴で優雅な感じがした。わたしは、ある本の頁をめくりながら、耳を澄ました。だって、本がしゃべっているような気がしたから」

「すごいね！」

「そう。まるで、『ウバさま』が朗読してくれるときのように、本自身がつぶやいているようだった。なにをいってるのだろう、この本。そう思ったとき、隣にひとがいることに、わたしは気づいたの。そのひとは、ほとんど裸の男のひとだった」

「あっ、さっき、ぼくが会ったひとだ！」

「うん。わたしはちょっとびっくりした。だって、図書館の中で、それも、こんな奥に他のひとがいるのをみるのは初めてだったから。

『お嬢さん、ここで、なにをしちょる？』って、そのひとはいった」

「やっぱり！」

「『本を読んでます』

『字を読めるのか？』

『字は読めません。「ウバさま」が、本を読むのに、字はできるだけあとで覚えたほうがいい、って』

『ほおっ！「ウバさま」か！ だれだか知らんが、なかなかやりおるのぉ！ それにも一理あるわい』

『おじさん、だれなんですか?』

『ここに住んでる者じゃ』

『ここは、わたしのお家の図書館よ』

『全部がか?』

『全部?』

『そうじゃ。確かに、おまえが入ってきたのは、おまえの家の図書館なのかもしれん。じゃがな、おまえは、その図書館の「果て」までいったことがあるのか? ないやろ。図書館はな、じつは、他の違う図書館や、その他もろもろ、いろんな場所と繋がっとる。わいが住んどるのはそこじゃ。たまたま、おまえの家の図書館と繋がっとっただけじゃ。というか、どうやって、おまえは、ここにきたんじゃ?』

『知りません。本を探して奥へ奥へ入っていったら、とても楽しそうな本があるところまできただけです』

『そうか。そりゃあ、みこみがあるということじゃな。お嬢さん、これをみてごらん』

『なに、これ?』

『ケンビキョウ……のようなものじゃ。まあ、つべこべいわずに覗いてみるんや』

わたしは、そのケンビキョウをみた。丸い輪郭がみえて、その中でなにかが動いていた。一瞬、わたしは、こわいと思った。ほんとうに心の底から。すると、さっきの男のひとの声が耳もとできこえた。

『こわがらんでもええんじゃ。それは、おまえもよく知っているものなんじゃから』

こわがらなくてもいいんだ。わたしはそう思った。その男のひとがいうと、それを信じてもいいと思えた。目の前の丸い輪郭の中で動いていたものは、どんどんおおきく広がっているようだった。なにが起こっているのだろう。たぶん、まだ幼かったからだろう。もうそのときには、恐ろしさではなく、好奇心にかられて、わたしは、目の前にあるものをみつめていた。そして、もっとはっきりみたいと思ったの。

『ピントを合わせるんじゃ。そこのそら、おまえの手のところにあるちっちゃなハンドルみたいなもんをまわしてみるんじゃ』

わたしはいわれるがままに、ちいさなハンドルをまわした。すると、丸い輪郭の中のものはもっと鮮やかに、おおきくみえて、同時に烈しく動きだした。だから、わたしは、どんどんハンドルをまわした。そのたびに、目の前にみえていたものは、ぐんぐんおおきくなって、ものすごい勢いで動き、姿を変えていった。気がつくと、わたしは、その中にいた。というか、わたしはどこにいるのかわからなくなっていた。心配になって、わたしは自分の手をみることにした。でも、そこには手なんかなくて、モヤモヤ、モロモロした、粘っこいなにかがあるだけだった。

『心配せんでええ。われわれは、あの中にすいこまれただけじゃ。というか、もともと、われわれはあの中におるわけだから、なにも変わっとらんのじゃが。そう、そんなに手があることを確認したいんか。だったら、そのモヤついたもんに向かって「手」とつぶやけばいいんじゃ』

わたしは『手』とつぶやいた。すると、そこには、わたしの『手』があった。

『なにも難しいことはあらへん。博物学の初歩中の初歩や。よくみるんや。どこまでが「全部」なのか、だれにも、なにもわからん。ただ、もう、ひたすら、そいつは成長しようとしてるだけやからな。これじゃあ、なんのことやらさっぱりわからん。どうすればいいか、わかるか？』

『わかりません』

『まず、分類するんじゃ。できるだけ細かくな』

『分類する？』

『そうや。まあ、なにもかもが混ざっとるから、分けるってことじゃ。それから』

『それから？』

『なにも知らんのか？』

『まだ、小学校にも入ってません！』

『わいは、おまえの歳には、たいていの漢字は読めたがな。まあええやろう。分類したら、あとは、名前をつけるんじゃ』

『名前？』

『まどろっこしいのお。たとえば、四つのキャラメルの箱に、一厘銅貨、一銭銅貨、五銭白銅貨、十銭銀貨をそれぞれ入れるとするやろ。けどな、箱になにも書いてへんかったら、どのキャラメルの箱にどの貨幣が入っているかわからへん。箱に名前を書いておかなきゃあかんわけやないか』

『すいません。どうして、キャラメルの箱なんですか？』

『そりゃもう、美味いし、滋養もある。捨てるところがないっちゅーわけじゃ。おまえ、名前はなんというんじゃ？』

『……アイ……です』

『じゃあ、「アイ……」や』

その瞬間、気がついたら、そうなっていた。『手』だけじゃなく、わたし全部がいた。わたしの知っているわたしがそこに。わたしが不思議そうに『手』をみつめていると、その男のひとがいった。

『そういうことじゃ。分類する、キャラメルの箱に入れる、名前をつける。それでワンセットっちゅうことや。まあ、ふつうのキャラメルの箱に入らんもんは、もっとおおきなキャラメルの箱でもかまわんがな。一つ、一つ、そうやって、分類、キャラメルの箱、名前、分類、キャラメルの箱、名前、とやってるわけや。どこまでいってもきりがない。あっちのほうをみるんじゃ。どんどんおおきくなっとる。当たり前じゃが、分類も、キャラメルの箱も、名前もまだや。ところが、こっちをみると、ほれ。どんどん形が崩れていっとるやろ？　あれは、古い分類で古い名前をつけられたもんが、古くなりすぎて、どんどん壊れとるんじゃ。まともに形を保っておるのは、ここらへんだけじゃ』

『まあ、たいへん！』

『だから、仕事をさぼってられんのじゃ。まあ、わいがやっとることも、全体の中では、ないに等しいことなんやが。ところで、お嬢さんよ』

『はい？』

『わいの仕事を手伝ってくれるんか？』

『ええっ？　なんでですか？』

『わいの仕事の手伝いにきたのとちゃうんか？』

『だって、わたし、まだ小学校にも……』

『歳なんか関係あるかい！　まあ、いい。わかった。手伝いのはなしは、今度会ったときにしようか。まあ、また会うことがあるとしたらじゃが』

『おじさん』

『なんや』

『なんで、ここで仕事してるんですか？』

『そんなことも知らんのか？』

『はい』

『もう少し、利口な子なんかと思うたがなあ。しゃーない、教えてやるわ。座標軸って知っとるか？　原点でもかまわんが』

『わたし……』

『オーケイ。もういい。なに事にも基準となる点が必要なんじゃ。そこからはじまる、という場所が。分類かてそうや。ただなんでも集めればいいのとちゃうんや。なにかをキャラメルの箱に入れる、名前を書く、そして、置く。その隣に、別のキャラメルの箱を置く。そして、また、その隣に、別のキャラメルの箱を、というわけじゃ。それが、われわれの仕事なんじゃ。そうやって、キャラメルの箱を間違いなく順番に並べていかなきゃならん。それが、われわれの仕事なんじゃ。そのために、一つ目のキャラメルの箱が、というか、一つ目のキャラメルの箱の中に入れるものが必要なんじゃよ。いや、厳密にいうと、この中身はなんでもいいのかもしれんが。まあ、そこのところは、われわれ博物学者の間でも、意見が分かれるところでのお。お嬢さん、わかったかな。「ここ」は、世界の「へそ」みたいなものなんじゃ。なにもかもが動いているときに、ぴくりともせず動かぬ一点じゃよ。まあ、それでさえ、絶対とはいえんのじゃがなあ。そうそう、お嬢さん、おまえ、「名前」をもっておらんじゃろう。ふつうの「名前」を』

　びっくりした。わたしは、自分の名前が『ふつう』ではないことを知っていた。他の子どもたちと違うこと。おとうさんやおかあさんも、やはり、『ふつう』の名前ではないことを。そのことを周りのひとたちはいわなかった。まるで、わたしの名前も、他の子どもたちや他のおとなたちと変わらない、という態度だった。

『そりゃ、おまえが、ここの住人だからじゃ。分類し、キャラメルの箱に入れ、名前をつける、その最初の地点に、名前は不要じゃからな。なにか名前がついててみろ、紛らわしいったら、ありゃせん。まあ、いってみれば、簡単な理屈じゃろ』

『そうですか』

『なにを拗ねとる』

『名前のことではつらい目にあってます。それを簡単な……』

『いちいちうるさい子どもじゃなあ。おやおや……』

遠くでわたしを呼ぶ声がした。いつまでも部屋に戻らないので、だれかが図書館の中に探しにきたのだ。

『もう戻るがいい。お嬢さん、楽しかったわ。最近、にんげんとあまりはなす機会がないもんでな。たまには、にんげんとはなすのも悪くないわ』

『また会えますか？』

『もしかしたらな。どうしてもわいに会う必要ができて、そのことを実現したいという強い気持ちがあったら、会えるかもしれん。そのときは、わいの特製のキャラメルの箱をやろう』

『中身は？』

『馬鹿もん！　中身は、わいがたべるに決まっとるじゃろ！　さあ、とっとといくんじゃ。おまえを探しにきてる連中が迷子にならんうちに』

『さよなら』

『グッバイじゃ。ちいさいお嬢さん』

そして、わたしは振り返らずに全力で走った。なんだか、とても哀しかった、あのひととはなせなくなるのが。わたしは走った。もちろん、走っているのは、どこかの森の中ではなく図書館の中だった。だれもいない暗い廊下を走って、走って、走って、しばらく走って、ようやく、わたしは振り返ることにした。もちろん、みえるのは、どこまでも規則正しく並んでいる本棚の列だけだったわ」


アイちゃんは、スカートのポケットから、ちいさく、汚れた、たぶん元は黄色だった箱を取り出して、ぼくに手渡した。

「小学校に入学して少したって、二度目に、あのひとと会ったとき、もらったキャラメルの箱よ。そのときのはなしは、またいつかするわね」

そして、ぼくは、さっきもらったキャラメルの箱をだし、その二つのキャラメルの箱を、目の前で並べ、そしてみつめた。

「同じような、とても古い、なにも入っていない、キャラメルの箱だ。それ以外には、特徴なんかないよね。でも、空っぽだってことは、この中に、なにかを入れなきゃいけない、ってことなんだろうか。アイちゃん、ちょっと待って」

そういって、ぼくは、自分でもおかしいなと思った。まるで意味のないことをいったからだ。ただ、ぼくは、なにかとてもたいせつなことを考えられるような気がした。そういうときは、いつでも、どこでも、「ちょっと待って」といって、考えること。それが、ぼくの家の「憲法」だ。それは、伝説の「憲法」で、おかあさんがおとうさんと付き合いだした頃、おかあさんが、いつも「ちょっと待って」というので、おとうさんが「いつまで」ときいて、「わたしが納得するまで」と答えたときに成立したと伝えられているんだ。

ちょっと待ってね、アイちゃん。ぼくは、まず、深呼吸をしなきゃならない。

ふう。ふう。ふううう。

ぼくは、この、一日中眠ることのないおおきな街の真ん中にある、不思議に静かな森の中にある、とりわけ静かな建物の中で、今日初めて会った女の子とはなしをしている。

この静かな場所では、ふだん騒音にまぎれてきこえない音がきこえる。風の音、虫の声、呼吸する音、心臓の音、その他たくさん。その他にもたくさんの音があって、そう、まるで、一瞬静かになったと思うと、突然、前もって準備したみたいに、蟬が一斉に鳴きはじめる、そのときのように、ついさっきまできこえなかった音がきこえてくる。でも、ほんとうは、音だけではなく、みえなかったものがみえ、匂わなかったものが匂い、一度も感じたことのない感じがするんだ。

ぼくはまだおとなではないけれど、もう子どもではないような気がする。なんだか、そんな気が。だから、ぼくは、いつも中途半端な気持ちになって、自分がなんなのか、なにをすればいいのか、もしあるとするなら、ほんとうのこととはなんなのかわからなくなる。

ぼくたちは「くに」をつくることにした。その理由はなんだったんだろう。あれから時間が過ぎて、おとうさんやおかあさんやハラさんがいうには、ぼくたちに流れる時間は速いらしいから、ぼくたちもずいぶん変わったにちがいない。そうだった。ぼくたちが「くに」をつくろうと思ったのは、どこにもつくり方が書いてなかったからだ。学校では教えてくれないし、NHKのEテレにも、そんな番組はない。たいていのものはつくれるし、たいていのものはどこかにつくり方が書いてあるのに、「くに」だけは、なかった。そんなに珍しいものでもなく、それどころか、「くに」のことを知らないにんげんは、おそらく、この世にはほとんどいないのに（もちろん、「くに」がなくても生きているひとたちがいることなら、ぼくも知ってる）。

でも、どんなものにも理由があって、にんげんの脳みそは、そのことを考えるために存在している、ってアッちゃんはいう。ぼくたちは自分で考えて、それでわからなくなると、たくさんのひとたちが、ぼくたちに教えてくれる。ハラさん、おとうさん、おかあさん、肝太先生、理想先生、学校のおとなたち、それから、いま思いだすことができないけれど、他にもたくさんのおとなたち。アイちゃんのおとうさんやおかあさんも。おとなたちのみなさん、ぼくたちに、自由に考えさせてくれてありがとう。ぼくたちと同じような子どもたちも、やはりぼくたちに教えてくれる。ぼくたちが教わる「国」のはなしが、一つのキャラメル箱の中に入っていて、「国」というものは、そこにしかないと思われているなら、ぼくたちは、ぼくたちの「くに」を、別のキャラメル箱に入れなきゃならない。もちろん、その前に、どこかでみつける必要はあるんだけど。

「ランちゃーん！　アイちゃーん！」

アッちゃん、ユウジシャチョー、リョウマが、手を振りながら、ぼくたちのほうに向かってゆっくりと近づいてくる。

「もうそろそろお暇（いとま）する時間だって！　この図書館すごいよねえ。こんなにたくさん料理の本を置いてある図書館、ないんじゃないかなあ。夢中になって読んでたので、本棚が繁みにみえてヤバかったぜ！」

リョウマがそういったので、ぼくとアイちゃんは、気づかれないように目配せし、ちょっとだけ笑った。惜しかったね、リョウマ。君がもう少し奥までいっていたなら、あの裸の、無骨だけれど威厳のある男のひとに会って、ちいさくて、古くて、でもいつまでもみつづけていたいような、あのキャラメルの箱をもらえたかもしれなかったのにね。

*

「みなさん」アイちゃんのおとうさんがいった。

「楽しんでいただけましたか？　まあ、我が家の場合、広いことと緑が多いことだけは、自慢できることなので、リラックスしてもらえたなら幸いです。これに懲りず、いつでも、遊びにいらしてください。わたしや妻は仕事の関係があるので、いつもというわけにまいりませんが、娘はいつでも歓迎のはずです。みなさんが、娘の友人になってくださるなら、わたしにとって、この上ない喜びです。ところで」

そういったところで、アイちゃんのおとうさんは、ぼくの耳もとに唇を寄せて、こういった。

「ランちゃん、あのひとから、キャラメルの箱をもらったんだって？　娘からききました」

「知ってるんですか！」

「そりゃもう、我が家では大ニュースだから。じつはね、ランちゃん、おじさんもちいさい頃に、あのひとからキャラメルの箱をもらったんだよ」

「アイちゃんからききました」

「あのひとから最初に、キャラメルの箱をもらったのは、わたしの祖父でした。それから、わたしの父がもらい、わたしももらった。それから娘も」

「すいません！　部外者のぼくなんかが勝手にもらっちゃって。返したほうがいいですか？」

「その必要はないと思いますよ。あのひとにはあのひとの考えや基準があるんだろうから。なんでも、わたしの家族以外にも、なん人かキャラメルの箱をもらっているそうだから。意外と適当に配っているのかもしれませんね」

「そう……ですね……」

「今のは冗談。ちゃんと理由があって、ランちゃんはもらったと思いますよ」

アイちゃんのおとうさんは、みんなのほうを向いた。

「今日は、きていただいて、ほんとうにありがとう。みなさんも、わたしたちと同じように、『くに』の仕事にたずさわっています。それは、とても、とてもたいへんで、責任の多い仕事です。たくさんのひとたちのいのちや運命に関わらないといけないのですから。そのことを忘れないようにしてください。でも、あなたたちの周りには、あなたたちをきびしく、でもやさしく支えてくれる立派なおとなのひとたちがいるから、大丈夫ですよね」

アイちゃんのおとうさんは、そういうと、みんなの顔をみつめた。なんだか、ちょっとだけ、かなしそうな顔つきだった。


「さあ、みんな」今度はおとうさんがいった。

「アイちゃんのおとうさん、おかあさんにお礼をいって、引き上げることにしましょう。ほんとうにありがとうございました」

「ありがとうございました！」

ぼくたちは、建物の外まで見送りにでてくれたアイちゃんの両親に、感謝の気持ちをこめて、お辞儀をした。そして、お辞儀をしながら、アイちゃんをみた。アイちゃんも、ぼくのほうをみながら、ちいさく手を振っていた。さよなら。また会おうね。そして、ぼくたちの長いお茶会は終わったのだった。

「おとうさん」

きたときと同じ車に乗ってぼくたちは帰った。おとうさんはなぜかずっと押し黙ったままだった。

「ねえ、機嫌悪いの？」

「ちょっと」

「なんで！」

「だって、きみだけだろ、キャラメルの箱もらったの。ずるいよね。おとうさんも欲しかったのに」

「おとうさんまで知ってんの？　っていうか、そんな理由！」

「ウソに決まってるだろ。アイちゃんのおとうさんといろいろ『仕事』のはなしをしたから、考えなきゃいけないことがたくさんできたのさ。あと、きみがキャラメルの箱をもらった事件は、アイちゃんの家の今年度最重要ニュース候補のようだ」

「ふうん」
「アイちゃんのおとうさんのおじいさんがキャラメルの箱をもらった事件は歴史上とても有名なんだがね。あれからもずっとキャラメルの箱を配っていたとは知らなかった。おもしろい。じつにおもしろい。でも、まあ、残念ながら、わたしがもらえるとは思えないけれど」

そして、ぼくたちは黙りこんだ。車の中は静かで、どうやら、リョウマもユウジシャチョーも、なんとアッちゃんまですやすや眠っていた。そう、ずいぶん頑張ったから、無理もないのかも。

車が、アイちゃんの家から遠ざかるにつれて、あの場所にいたときのあの感覚、あの場所の空気、あの場所の記憶のすべてが薄れてゆき、少しずつぼくは哀しい気分になっていった。けれども、とぼくは思った。あの場所にいつづけることも、じつはとても哀しいことなのかもしれないのだと。

一週間後、ぼくたちは、ぼくたちの「建国宣言」を発表した。

18・「名前のないくに（仮）」建国宣言、ではなくて、建国のことば

こんにちは。みなさん、お元気ですか。

「こんにちは」は、英語で、Ｈｅｌｌｏ、です。なので、Ｈｅｌｌｏ、日本語で発音すると、ハロー。

世界中に、こんにちは、という意味のことばがあります。

ハイサイは、琉球語(りゅうきゅうご)で、こんにちは、です。琉球語は、日本の四つのおおきな島の、ずっと南にある、琉球と呼ばれた島々に住んでいたひとたちが使っていたことばです。そして、琉球は、日本と一緒の国になるまで、ずっと、独立した国でした。

ニイハオは、中国語。

アンニョンハセヨは、韓国語。

サワッディーカーは、タイ語。

サワッディークラッも、タイ語。

ミンガラーバーは、ミャンマー語。

サバイディーは、ラオス語。

チョムリアップ・スオは、クメール語。

シン・チャオは、ベトナム語。

スラマッ・シアンは、インドネシア語。

スラマッ・ソーレも、インドネシア語。

マガンダン・タンハーリは、タガログ語。

マガンダン・ハポンも、タガログ語。

サイン・バイノーは、モンゴル語。

アッサラーム・アライクムは、イスラム教徒のベンガル語。

ノモシュカールは、ヒンドゥー教徒のベンガル語。

ナマステは、ヒンディー語。

ナマスカーラは、ネパール語。

ワナッカムは、タミル語。

ナマスカールは、カンナダ語。インドのカルナータカ州ではなされています。

シャロームは、ヘブライ語。

サラーム・アレイコムは、ペルシャ語。

まだまだつづけることはできるけれど、もうやめます。世界中には、こんなにたくさん、

「こんにちは」ということばがあります。うまく発音はできないけれど、これらのことばを、みなさんに、いいたいです。初めてお会いするわけですから。

でも、いまのところは、これで我慢してください。

こんにちは、こんにちは、こんにちは。

さて、自己紹介をします。

ぼくたちは、このたび、「名前のないくに（仮）」という「くに」をつくることにしました。よろしく、お願いします。

いまのところ、この「くに」の「政府」の住所は、山梨県××市○○一一七七です。そこには、ぼくたちの学校がありますが、なにかあったら、その住所に手紙を送ってください。メールアドレスは、この「建国のことば」の最後にあります。よかったら、そこをクリックしてください。

ところで。

昔々、「国」というものはなかったそうです。

みたことがないので、はっきりしたことはいえません。でも、たいていの本にはそう書いてあるので、たぶん正しいんじゃないでしょうか。

「国」というものがなくても、なん百万年も、にんげんは、恐竜みたいに絶滅せずになんとかうまくやってきました。でも、いつの間にか、「国」というものができました。なぜなんでしょう。不思議ですね。

ぼくたちが生まれたときには、国というものが、もうありました。おとうさんやおかあさんの生まれたときにも、それから、その前からずっと。なので、国があるのは当たり前、ってことになっています。当たり前のことには気をつけたほうがいいです。ぼくたちを教えてくれている「肝太先生」は、そういっています。

それから、ぼくたちを教えてくれている別のおとな、「理想先生」は、「社会というものは契約で成り立っているんだ」って、いっています。契約書はないみたいなんですけどね。それに、「理想の国なんてものはないよ」とも。

「できたら、ちいさな国がいいね。みんなが顔を知ってるぐらいの。理想があるとすれば、それぐらい」とも。

どうしてかっていうと（もちろん、ぜんぶ、「理想先生」の「ウケウリ」です）、国というものは、社会というものがとる形の一つで、そして、政治や社会の最初のモデルは家族だからだそうです。だから、家族の良いところを見習わなきゃならない。たとえば、家族はみんな仲良くするとか。相手のことをいつも考えるとか。でも、じっさいの「国」は、そうなってないみたいです。悲しいけれど。

ずいぶん前に、ぼくたちは、国をつくろうと思いました。

正直にいうと、別に、国ではなくても良かったんです。いろんな昆虫を集めてみる、とか。

ナメクジが歩く速度を測ってみる、とか。そんな、子どもらしいもの、とか。そうではなくて、和紙（日本製の、植物の茎とか皮とかを原料にした紙です）をつくってみる、とか。でも、そういうものは、だれだってつくろうとするものです。そうじゃありませんか？

ビルをつくる、とか。会社をつくる、とか。なにかそういった、みんながつくるものは、どうして？　ってきかれることがあまりないものです。

それ以外のなにかをつくろう。そう思いました。

で、ピンと閃（ひらめ）いたんです。

「国」はどうだろう。あまりつくる子どもは、いないんじゃないだろうか。子どもだけじゃない。おとなだって、あまりつくらなそうです。そして、とりあえず、つくることにしたのでした。考えるのは、それからです。

みなさんは、なんだ子どもがつくる「国」なのか、って思いましたか。

子どもがつくる「国」なんだから、どうせ大したことないだろう、って。でも、そうじゃないかもしれません。とりあえず、ぼくたちのはなしをきいてください。

ぼくたちは、「国」をつくりながら、なんヶ月も、ぶっつづけで、「国」のことを考えました。そういう、ふだん考えないようなことを考えるのは、たいへんです。というか、ちょっと異常だと思いますね。そのせいでしょうか、頭が痛くなったりもしました。みなさんも、気をつけてください。

準備は完了しました……というのはウソです。いつまでたっても、完璧に準備することなんかできません。神さまじゃないんだから。そろそろ、もういいんじゃないかな。そう思いました。そして、みなさんに、お知らせするときがきた。そういうわけです。

発見したことがあります。「国」をつくろうとしたのは、ぼくたちだけじゃなかった、ってことです。

といっても、それは、王さまとかすごい武将とか、なんかそういうひとたちのことじゃありません。

二〇一四年のことです。アメリカのバージニア州アビンドンというところに住んでいるエレミア・ヒートンさんに、七歳の娘のエミリーちゃんが「王女さまになりたい」といいました。それだけじゃありません。「ねえ、あたし、いつか王女さまになれるかな」といったのでした。ぼくが保育園にいたときも、ユリちゃんやマミちゃんがそんなことをいっていました。多くの女の子は、そういうことをいうと思います。まあ、おかあさんだって、いうわけですよ、うちの場合は。

それをきいたヒートンさんは、つい「なれるよ」といってしまったんです。いいおとうさんですね。でも、たいていのおとうさんは、いったことを忘れます。忘れても、せいぜい、ゴメン、と謝るぐらいです。

でも、ヒートンさんはちがいました。ヒートンさんの信条は「子どもたちとの約束を守ること」だったんです。ヒートンさんの家には、もともとそういう憲法があった、ってわけですね。ヒートンさんは、エミリーちゃんの願いを叶(かな)えてあげようと、世界中に「だれの所有でもない土地」はないものかと探しまわりました。そして、エジプトとスーダンに挟まれた砂漠の中に、二〇〇〇㎢もの「主権空白地」をみつけたんです！　それって、世界最大の落としものじゃないですか！

ヒートンさんは、現地にいって、ヒートンさんの子どもたちがデザインした「国旗」を立て、「北スーダン王国」の樹立を宣言したのでした。やるなあ、ヒートンさん。

もちろん、「北スーダン王国」には、ヒートンさんのフェイスブックを通じて、「友だち申請」と「国としての相互承認の申請」をするつもりです。

他にもあります。

一九七三年には、ジョン・レノンというひととオノ・ヨーコというひとが「ヌートピア」という「国」を建国しています。ふたりとも、ものすごく有名なひとだったみたいです。

この「国」に、領土はありません。地球上のいたるところにあり（国民になりたいと思えばだれでもなれるので）、同時に、どこにもありません（領土がないからです）。

国旗は白いハンカチです。素晴らしいと思います。コンビニでいつでも買えるし。唯一の問題は、汚れやすいことですが、洗濯すればいいわけです。それから、この「国」のテーマは、平和で、国歌は「ヌートピア国際讃歌」といいます。

きいたことがありますか？　ぼくはきいてみました。六秒の間、音がない状態がつづきます。その間、瞑想したほうがいいといわれています。ぼくたち「名前のないくに（仮）」のこく民みんなも、きいてみましたが、「きいている間中、肉のことが思いうかんだ」とか「ゲーム音楽に使えるかも」といった意見がありました。いい「国」だなあ、と思いました。この「国」とも、国交を結びたいと思っています。

そういうわけで、「国」は簡単につくれるんです。つくる気があるなら。

もちろん、つくらなくてもかまわない。だって、さっきも書いたように、にんげんは、

国なんかなくてもオーケイだったわけだから。


イランカラプテ！

イランカラプテは、アイヌ語で、こんにちは、です。アイヌ語は、アイヌのひとたちが使っていたことばです。アイヌのひとたちは、ほとんどが日本に住んでいますが、日本人と呼ばれるぼくたちとはちがう民族で、独特の素晴らしい文化をもっています。美しいことばもたくさんあります。そして、アイヌのひとたちは、自分たちの国というものをもちませんでした。

もしかしたら、国なんかつくらないほうがいいのかもしれない。そう思ったこともあります。国があることのいいところ、国がないことのいいところ。それらをたくさん並べてみました。

結論としては、

わからない、ということです。

じゃあ、つくるとしたら、どんな国がいいのか。

いろいろ考えました。いろいろね。いろんなひとに、おとなたちにもきいてみました。

「ぼくたちは、国をつくるべきだと思いますか？」って。

そしたら、おとなたちは、こういったのです。

「とりあえず、つくってみればいいんじゃないかな」


ぼくたちの国の名前は「名前のないくに（仮）」です。

そもそも、どうして、（仮）がついているんだろう。そう思いますよね。ぼくたちだって、そう思いました。実際、建国するときには、（仮）をとろうと思っていました。でも、最後の最後で、こう思ったんです。もしかしたら、（仮）こそ、ぼくたちの「国」にとってふさわしい形なんじゃないか、って。

世界には、たくさんの国があって、建国宣言もたくさんあります。たとえば、すごく有名なアメリカ独立宣言は、こんな感じです。

「人類の歴史において、ある国民が、他の国民とを結び付けてきた政治的なきずなを断ち切り、世界の諸国家の間で、自然の法と自然神の法によって与えられる独立平等の地位を占めることが必要となったとき、全世界の人々の意見を真摯に尊重するならば、その国の人々は自分たちが分離せざるを得なくなった理由について公に明言すべきであろう。

われわれは、以下の事実を自明のことと信じる。すなわち、すべての人間は生まれながらにして平等であり、その創造主によって、生命、自由、および幸福の追求を含む不可侵の権利を与えられているということ。こうした権利を確保するために、人々の間に政府が樹立され、政府は統治される者の合意に基づいて正当な権力を得る。そして、いかなる形態の政府であれ、政府がこれらの目的に反するようになったときには、人民には政府を改造または廃止し、新たな政府を樹立し、人民の安全と幸福をもたらす可能性が最も高いと思われる原理をその基盤とし、人民の安全と幸福をもたらす可能性が最も高いと思われる形の権力を組織する権利を有するということ、である」

カッコいい！　すごく！　ぼくたちはそう思いました。だれだってそう思うんじゃないかな。人気があるのも無理はないです。でも、読んでいると、だんだん調子が変わってきます。このあとは、アメリカのひとたちをイジメているイギリス国王への怨(うら)みがなん十行も延々と、箇条書きになってつづきます。すごくこわいです。なんて執念深いんだろう。独立宣言、って、こんなのだったんだ。でも、戦争をしているわけだから、仕方ないのかも。そう思っていたら、最後には、こんなことが書かれていました。

「国王は、公海で捕虜となったわれわれの同胞に、祖国に対して武器を取らせ、友人・兄弟に対する処刑人になるよう、あるいは自らの手で自ら命を落とすよう、強要してきた。

国王は、われわれの間に内乱を引き起こそうと扇動し、また、年齢・性別・身分を問わない無差別の破壊を戦いの規則とすることで知られる、情け容赦のない野蛮なインディアンを、辺境地帯の住人に対してけしかけようとした」

どう思います？　ぼくがインディアンさんたちだったら、イヤな感じがしますね。だって、もともと自分の土地だったのに、盗(と)られて、追いだされて、その上「情け容赦のない野蛮な」って、いわれたら、すごく傷つきますよね。

ぼくたちが読んだところでは、建国宣言とか独立宣言とかいったものは、だいたい、こんな感じです。ちょっと威張ってる、って思うな。ことばは、けっこうおおげさだし。でも、読んでいると、だんだん、こっちも興奮してくる。「国」に関することは、そういうことが多いです。

でも、これが「家」の「独立宣言」とか「建国宣言」だとすると、どうでしょう。おとうさん、興奮しすぎ、って思うんじゃないかな。おとうさんだけじゃなく、家族全員、あと猫とかも、この調子だったら、ほんとにヤバいです。

これは、「宣言」というからいけないのかもしれません。なので、ぼくたちは、「建国宣言」ではなく「建国のことば」にしました。

それから、もっと大事なことがあります。

ぼくたちの「名前のないくに」は、「国」ではなく「くに」です。これは、他のことばに翻訳すると、どうなるんだろう。英語だと「国」は大文字で、「くに」は小文字？ ちがうかな。あとで、ハラさんにきいてみることにします。ハラさんは、ぼくたちの学校の学園長で、英語を教えていて、ときどき、イギリスのお友だちと夜中まで、おしゃべりをします。でも、すごくいいひとです。

日本語では、漢字で「国」、ひらがなでは「くに」。どちらも同じ意味なんだよ、というひともいます。いや、ぜんぜんちがう、というひともいます。二つの書き方があるんだから、ちがう、と思うのが自然じゃないでしょうか。

その場合、「国」は、どっちかというと、強い感じがします。「くに」は、弱い感じ。いや、やさしい感じかな。「国」は、政府とか戦争とか国民健康保険とか税金とかお職とかGNPを専門に扱うところ。で、「くに」は、田舎とか自然とか川とかお化けとかお墓とかおじいちゃん・おばあちゃん、とか、まあ、そういうものを専門にしています。っていうか、専門はないのかもしれませんね。

それから、もっとたいせつなことがあります。

世界には、たくさんの「国」があります。その「国」たちは集まって、国連とかをつくってる。その「国」が集まった国連の中でも、エラい国や、そうでもない国があって、エラい国は、とても威張っています。まあ、「国」というものは、そういうものだってことですね、さっきも書いたように。

ところで、「国」として認めてもらえないと、「国連」のメンバーになれません。どうやら、世界中に、「国連」のメンバーになりたい「国」の候補がたくさんあるみたいです。「国連」のメンバーになると、なにかいいことがあるんでしょうか。

とにかく、どの「国」も、というか、どの「国」の候補も、みんな、同じ方向をみている。そっちばかり。

たまには、「こっち」を向いてみてはどうでしょう。

「国」がなかった時代が長かったことは書きました。でも、遠い未来には、また、「国」なんかない時代がくるかもしれません。だとすると、「国」があるのは、ほんとうに、偶然で、いまだけの、特別なことなのかもしれませんね。それに、「国」ができてからだって、ものすごくちいさい「国」も、たくさんありました。山の中の村みたいな「国」とか。三十分もあれば、通りすぎちゃえるような、ちいさな「国」。「理想先生」が喜びそうな「国」です。「肝太先生」

も、おおきすぎる「国」は良くないね、といっています。おおきすぎて、細かいところまで、気がまわらなくなっちゃうから、って。

ぼくたちの「くに」は、そのことを、みなさんに、少しだけ思いだしてもらえればうれしい、と思っています。いわゆる、「小まわりの効く国」になる予定です。

だから、ぼくたちの「くに」は、「国」とは、いろんなところがちがっています。

名前はありません。

名前、っていうのは、けっこう問題です。その土地の名前とか、その国の歴史とか、神さまとか、いろいろなものを背負っているのが、「国」の名前です。

背負っていると重い。

重いとよろめくし、疲れる。

身軽なほうがいいんじゃないでしょうか。スニーカーをはいて、さっと歩いていけるような国のほうが。だから、名前はありません。好きな名前で呼んでもらっていいです。ぼくたちの学校には、先生がいなくて、みんな「おとな」と呼んでいて、それぞれの「おとな」には、ニックネームがあります。

ハラさん、とか。ハラさんだって、立派な本名があります。でも、ずっとハラさんなので、本名を忘れてしまいました。

「ハラさん、ハラさん、って、本名、なに?」ってきくと、ハラさんは、

「ぼくも忘れた。ハラさん、でいいよ」っていいます。
なので、そのうち、「名前のないくに」の呼び名を募集するかもしれません。
それから、ずっと（仮）のままでもいいんじゃないか、って気もしてるんです。
だって、（本格的）なものにしちゃうと、ぼくたちだって、絶対威張ると思うからです。きれいな服を着ると、お上品になる。その逆もあるし。（仮）のままのほうが、緊張感があって、いいな。そう思います。

ぼくたちの「くに」の「こく民」になりたいひとは、だれでもなれます。他の国民のままでも大丈夫。そういうのは、二重国籍とか、三重国籍っていうんですよね。

もっと進んで、二重国家とか、三重国家なんていうのも、あっていいんじゃないでしょうか。国と国との間が溶けちゃって、お互いに融合しているとか。そんな感じです。国というものの表面が固いから、国同士の表面がぶつかるわけです。だったら、柔らかくして、お互いにめりこんだりするのがいいと思いますね。

ときには、ある「国」の「国民」から離れて、別の「国」の「国民」になってみる。それから、もう、あらゆる「国民」をやめてしまう。それもいいと思います。待てよ、一時的に「国」をやめてしまう「国」があったら、なんか素敵ですね。

たとえば、「×月×日は、国が国じゃない記念日」にするわけです。その日はもう「無礼講」っていうんですか、国がないわけだから、どの「国」のひとも、いくらでも入ってきてかまわない。出入国管理事務所が休みだからです。門というか、扉が開いていて、そこに紙が貼ってある。

「今日は、国がない日なので、だれでも自由に出入りしていいです」

なんだか楽しそうですね。

いいえ、ぼくたちは、「国」というものを憎んでいるわけじゃありません。いいところもあると思います。

でも、なんというか、なんでも「国」に押しつけないほうがいいんじゃないか、って思うんです。そんなことをしていると、「国」のほうからもいろいろ押しつけられそうだし。「国」にはできることもできないこともある。やってもらったほうがいいことも、どちらかというとやってもらわないほうがいいこともある。

そのことを考えたいです。

ぼくたちにできることはなんだろう。それは「国」に関するなにかで、おおきな力にはなれないし、ならないけど、とてもたいせつなこと。そういうことをやりたいです。

とりあえず、ぼくの「建国のことば」は、ここまでにしておきます。こんなに長い文章を書いたのは、生まれて初めてです。くらくらします。これから、「名前のないくに（仮）」の他の「こく民」も、「建国のことば」を書いてゆく予定です。みなさんも良かったら、書いて、送ってください。たくさんあるとうれしいです。ああ、その前に、「こく民」になってくださいね。

全員参加での「建国のことば」、いや、「こく民」以外のひとが書く「建国のことば」。それも、いいかもしれません。

憲法もつくる予定です。いい憲法を思いついたら、紙、というか、ポストイットに書いて、学校の寮にある冷蔵庫に順番に貼ってゆくつもりです。もちろん、そのあと、一般公開もします。

これじゃあ、なんだか、「建国のことば」も（仮）みたいですね。（仮）ということは、いつでも変えられるし、変わることができる、ということです。ここに書いたこと以外にも、いろいろなことが、「名前のないくに（仮）」のホームページに書いてあります。良かったら、読んでください。

まだなにも決まっていません。みなさんのことばやまなざしが、この「くに」を決めるんです。

ぼくたちと国交を結びませんか。楽しいと思いますよ。

二〇一七年三月十五日

「名前のないくに（仮）」の「こく民」のひとり、として。

ランちゃん（こう呼んで下さい）

＊

「名前のないくに（仮）」は、そうやって生まれた。

ぼくたちは、「建国宣言」ではなく「建国のことば」を発表した。ハラさんが、仲良くしている新聞の記者のひとに連絡して、ちょっとだけちいさな記事がでた。新聞ではなく、子ども新聞に。

インターネットの世界でも、ほんの少しだけ話題になった。ほとんどが、「お子さまのお遊び」という扱いだったけれど、それは間違いじゃない。冷たく、こわいことばで、ぼくたちを叱っているひと、あざ笑っているひとも多かった。そんなことに熱心にならなくても、もうちょっと楽しいことをすればいいんじゃないかな。ぼくはそう思った。

アイちゃんからもメールがきた。

「やったね！『名前のないくに（仮）』、建国おめでとう！　我が家は、あなたたちの『くに』を熱烈に応援してるよ！　うーん、でも、表立って、応援できないんだけどね」

それでも、ものすごくうれしかった。

ヒートンさんに友だち申請をしたら、しばらくたって、受け入れてもらえた。ぼくたちの英語じゃ、ほとんど通じないので、やっぱりハラさんに頼んだ。ヒートンさんの「北スーダン王国」は、他の国とは国交を結ばないんだそうだ。ヒートンさんから、こんな、ていねいなメールが届いた。

「すいません、エミリー王女さまはとても内気で、他人とはなすのが苦手なもので、彼女がもう少しおとなになるまで、『鎖国』している予定なんです。エミリー王女さまが、おはなしできるようになれば、もちろん、貴国と国交を結ぶのに、やぶさかではありません」

なので、ぼくたちは「北スーダン王国」とは「国交開始の予約」をしている。はやく、エミリー王女さまがもっとおとなになって、ぼくたちの「くに」との国交を開いてくれるといいと思う。でも、無理に、おとなになる必要もない。そんな気もする。国交を開くより、たいせつなことはたくさんあると思うから。

結局、ぼくたちは「建国」をしたけれど、ぼくたちの「くに」は、遊びのようなものだと思われた。もちろん、それは正しかった。そして、ほとんど反響はなかった。

でも、ぼくたちは、週に二回は「国会」を開いて、「名前のないくに（仮）」をどんなふうにしていけばいいのかをはなした。「建国のことば」も、ぼくのあと、アッちゃんが書いて、その次にユウジシャチョーが書く予定だ。イヤじゃなければ、アイちゃんにも、書いてもらいたいと思う。それから、寮の冷蔵庫に「憲法」も貼りはじめた。

季節は四月になって、小学校に新入生が入ってきた。一年生だ。わあ、なんて、赤ちゃんなんだ！　びっくりする。いつものことなんだけれど。

この間まで、保育園や幼稚園に通っていたのに、いきなり、おとうさんやおかあさんと離れて、寮で暮らさなきゃならない。だから、四月になって、しばらくの間、寮の夜は、小学一年生たちの泣き声に包まれる。

「おかあさん、おかあさん、おかあさん……」

「家へ帰る！　帰りたいよ！」

そして、寮に一台しかない公衆電話の前には、夜になると、一年生たちがテレフォンカードを握りしめて、並ぶんだ。でもって、

「おかあさん、おかあさん、おかあさん……」

「家へ帰る！　帰りたいよ！」

泣きながらはなしている一年生の子、そのうしろに並んでいる他の一年生たちも、まだはなしていないのに、つられて号泣している。電話口から、十なん人もの子どもたちが泣く、でっかい音がきこえているはずだ。だから、中には、「ハラさんを、電話口に呼んで！」というおとうさんやおかあさんも、わざわざ東京から車を飛ばして、駆けつけてくるおとうさんやおかあさんもいる。

そういう、おとうさんやおかあさんに、ハラさんはいう。

「放っておいても大丈夫です。子どもというものは、親から離されても、すぐに慣れるものなんですよ」

その通りなんだ。二週間もしないうちに、電話機の前にはだれも並ばなくなる。一年生たちは、ちょっとだけおとなに近づく。そして、夜の寮に泣き声はきこえなくなり、静かになる。それも、なんだか、少しさびしい気がする。

「泣きたいときには、おとなか、おおきい子どもに甘えてもいい」

これは、ぼくが冷蔵庫に貼りだした「憲法」の一つ。でも、これは、「名前のないくに（仮）」の憲法なんだろうか。ぼくたちのこの学校の寮の憲法なんだろうか。どっちなんだろう。

ぼくは考えた。そして、思った。

どちらでもいいんじゃないかな。


昼ごはんをたべ終えて、食堂から、寮に戻り、テレビをみていた。いつもついているのは、「ヒルナンデス！」だ。寮母のチイちゃんが、ナンチャンのファンだからだ。

ちょうど、一年生の男の子のひとりが、ぼくの膝にのっていた。そしたら、アッちゃんが、近づいてきて、ぼくの横に座った。アッちゃんは、みたこともないような変な顔をしていた。クソマジメな、っていうか、困った、っていうか。

「ランちゃん……」

「なに」

「さっき、メールがきたんだ。『名前のないくに（仮）』と国交を結びたい、って」

「すっ……ごい！　どこ？　『北スーダン』？　エミリー王女が、よそのひととはなせるようになったのかな」

「ちがう」

「ヌートピア？」

「ちがう」

「どこのくに？」

「……イギリス……」

「もう一回いって」

「……イギリス……」

「ぼく、耳がおかしくなったみたい。『イギリス』ってきこえるんだけど」

「だから、イギリス……大使館から連絡があったんだ」

「アッちゃん、よくわからないけど、それ、『なりすまし』っていうんじゃない？　だまされてるんだよ」


テレビの画面に水ト(みうら)アナウンサーがでてきて、こういった。

「ここでニュースが入りました。イギリスが、日本にある、名前のないくに……？……カリ……を承認したとのことです。この……名前のないくに……カリ……は、山梨県にあって……」

横で、水トアナの説明をきいていた、ナンチャンが、不思議そうに、こういった。

「今日、エイプリルフールだっけ？」

19・ハロー&グッバイ、マイ・フレンド

それから、いろいろなことがあった。新聞記者やテレビのひとたちが学校に押しかけてきた。ちゃんと、許可をとらないで、勝手に学校の中に入りこんで撮影するひともいた。「記者会見」というやつまでやった。ふだん、全校ミーティングをする集会室で、だ。


「どうして、国をつくろうと思ったんですか?」

「国をつくることに関して、ご両親はどう思っていますか?」

「イギリスと国交を樹立することについて、どう思いますか?」

「あなたたちの国は、どういう国なんですか?」

「『国』じゃなくて『くに』なのは、なぜ?」

「(仮)というのは、どういう意味?」

「おおきくなったら、なにになりたいですか?」

「好きなアイドルは?」

質問に答えるのは、アッちゃんの係だった。ぼくにも、ユウジシャチョーにも、リョウマにも無理だ。ハラさんは、そうやって、ぼくたちが会見をしている場所の端に立って、ニコニコしていた。学校のおとなたちも、みんなびっくりしていたのに、ハラさんだけは、ぜんぜん驚かなかった。

そして、三日後、イギリス大使館からものすごくおおきな車がやってきた。車の中から、映画の『ハリー・ポッター』のホグワーツ魔法魔術学校の先生みたいな、重々しい雰囲気の外国のひとが降りた。

「こんにちは」そのひとは、きれいな日本語で、そういった。

「こんにちは」ぼくたち四人は、声を揃えて、そういった。

「とても素晴らしい景色ですね」

「ありがとうございます」

「わたしたち、グレートブリテン及び北アイルランド連合王国は、あなた方の『名前のないくに（仮）』と国交を樹立し、外交関係を結びたい、と考えています。もちろん、冗談ではありません。そのための手つづきがいろいろあります。詳しくは、日にちを決めて、大使館まできていただければ幸いです。よろしいですか？」

「もちろん！」

「今回、わたしが参りましたのは、女王陛下からのお手紙をお届けするためです」

そういうと、その立派なひとは、一通の手紙を、ぼくに手渡した。

「もちろん、もとは英文ですが、日本語訳も同封されています」

「いま読んでもいいですか？」ぼくはいった。

「ご自由に！　あなた方へ宛てられたものですから」

「だれから読む？」ぼくがいった。

「みんなで読めば」アッちゃんがいった。

「四人で同時に？」ユウジシャチョーがいった。

「じゃあ、ランちゃん、朗読して！」リョウマがいった。

「オーケイ」ぼくはいった。それから、ぼくは、手紙を開いた。なんだか、とてもいい匂いがした。そして、ぼくは読みはじめた。


「ハロー。こんにちは。それから、イランカラプテ！

『名前のないくに（仮）』のみなさん、建国、おめでとう。

わたしは、グレートブリテン及び北アイルランド連合王国の女王として、あなた方と国交を樹立するよう、政府に求めました。あなた方がつくる国が、良き国として、世界に豊かさと平和をもたらすよう願っています。

なぜ、この決定に至ったのか、あなた方も不思議でしょうね。そのことを、書くことにします。

それは、あなた方が生まれるずっと前、一九四一年に遡ります。

わたしは、まだ十五歳の少女でした。ちょうど、前の大戦のさなかで、ロンドンが激しい空襲を受けていた頃です。いまでもよく覚えています。クリスマスも過ぎた十二月二九日のことでした。わたしは、ひとりで、大英博物館の図書室にいました。大空襲は終わっていたけれど、ドイツの空襲は、なおつづいていました。それでも、ロンドンに踏みとどまっていました。それが、わたしたちの義務だったのです。わたしたち王室は、それでも、ロンドンに踏みとどまっていました。それが、わたしたちの義務だったのです。その日、わたしは、ひとりで宮殿を抜けだして、黙って、大英博物館に向かったのです。戦争のはなしも、わたしが継ぐことが決まっている王位のはなしも、どれにもうんざりしていました。わたしは、ちいさい頃から、大英博物館にいくのが好きでした。中でも、図書室が！　なんてたくさんの本があるんでしょう。たくさんの本たちに包まれていることほど素敵なことはありません。もちろん、危険は承知でした。博物館は閉まっていましたし、館員さえいませんでした。けれど、わたしは入る方法を知っていました。仲良しの館員から、合い鍵をもらっていたんです。なにしろ、将来の女王ですからね。火の気なんかありません。わたしはぶあついコートを着て、図書室の片隅、読書するスペースにぼんやり座っていました。いつものように本を読む気にもなれません。自分の将来、そして、イギリスや世界の将来のことを考えると、胸が痛みました。

そのときでした。わたしのすぐ隣で、だれかが本を読んでいることに気づいたのです。というか、図書室のはずなのに、森みたいに樹が鬱蒼と繋っていたのです！　こんなときに！　ここはどこ？　というか、だれもいないはずなのに！　しかも、ほとんど裸のアジア人が！　なんてことでしょう。わたしは驚き、同時に、恐怖を感じました。もしかしたら、日本のスパイ？　こわい、こわすぎるわ！


『なにをしとるんじゃ』その人はいいました。

『それは、こっちのセリフだわ』わたしはいいました。

『あなた、だれ？　こんなところで、そんな格好で。怪しすぎるわね。わたしを襲うつもり？』

『そんな趣味はあらへんがな。お嬢さん、泣いとるんか？』

『悪い？　生きていると悲しいことだって、あるわよ。あなたなんかにわからないわ。わたしは、ほんとうは、看護婦になりたかったのよ。伯父さまが国王だったから、わたしのところに、お鉢がまわってくるなんて思いもしなかった。でも、その伯父さまが不倫で国王を辞めちゃったのよ！　それでおとうさまが継いだの。そのときから、わたしは「次の王さま」に決まっちゃったの。国の主人なんて、そんな重い責任、背負えないわよ。どうして、わたしなの？　わたしがいちばん好きだったのは、ファンタジーを読むことと田舎で馬に乗ることだったのに。仮に結婚したとしても、わたしの夫は「女王の夫」なの。わたしたちにプライヴァシーなんかありゃしない。もう最悪！』

『ごちゃごちゃ考えたってあかん。上をみればキリがないし、下をみてもキリがないわ。他人を羨ましがる必要も、見下す必要もないんや。わいも、旅して、集めて、分類して、書いて、旅して、集めて、分類して、書いて、旅して、集めて、分類して、書いて、気づいたら、この歳になっとった。なにもかも中途半端なままや。しかし、わいは後悔なんか、しとらん。おもろかったなあ。あと千年やっても飽きんやろな。あんた、女王になるんか？　おもろいやないか。国っちゅうもんは、博物学的に考えても、ほんまに興味深いで。それの王さまになるっちゅうことは、だれよりもよく観察できる、ってことやないか？　そんなおもろい仕事、わいが代わってやりたいぐらいやがな』

『じゃあ、代わって！』

『拗ねたらあかん。あんたが女王になるのにも、なにか意味があるんや。その仕事を大事にせんといかんで』

そういうと、そのひとは、わたしの手にちいさな箱を載せました。

『これは、なに？』

『キャラメルの箱に決まってるやろ』

『空っぽね』

『そうや。たいせつなものを入れなきゃならんから、空っぽや。わいは、気がついたら博物学をやっとった。くる日もくる日もや。結婚した日もずっと顕微鏡をみとったから、嫁さんがびっくりしとったで！　することがないから、寝とけ、っていうたら、布団が虱だらけで、ほんとうに申し訳ないことをしたわ』

『最低！』

『そうかもしれん。だがな、お嬢さん。わいの仕事は、だれかがやらなきゃならんことやった。けれどもな、ほんとうは、わいでなくてもかまわんかった。だが、結局は、わいが「指名」されたんや。お嬢さんの「仕事」もそうや。だれかがやらなきゃならん。それが、あんたやった。あんたも「指名」されたってことや。光栄に思ったらどうや？』

『そんな気になれないわ』

『会社で事務やるより、女王さまになるほうが遥かにおもろそうやないか！　あんたにしかできんことをやるんや。国の過去を考える。国の現在を考える。国の未来を考える。それでもって、なにかたいせつなものをみつけたら、未来のために、キャラメルの箱に入れる。それを繰り返す。やがて、あんたも歳をとる。そのとき、あんたの周りには、たくさんのキャラメルの箱がある。最高やないか。いや、やめたくなったら、やめてもいいんや』

『やめられないわよ！』

『そんなことないで。あんた、グレートブリテン及び北アイルランド連合王国の女王さまになるんやろ？　あんたの家、もともと、イングランドの一貴族にすぎないんや。国王やめて、いつでも、一貴族に戻れるがな。まあ、そのときには、連合王国を解体せにゃならんが』

『えええっ！　そうなの？』

『勉強するんや。死ぬまでな。それが、博物学であろうと、女王学であろうと、作家学であろうと、にんげんは死ぬまで勉強するもんや。そのようにできとるんや。せっかくもろうた能力はたいせつに使わんとあかん。わいは、さっきまで日本におったんや。ああ、また大英博物館で勉強したいなあ。まだまだ読みたい本があったのになあ。そう思うとったら、いつの間にかここにきとったわ。おもろいのお。あんたも、ここが好きなんやな。そういうにんげんは、いつもおる。こういう場所にいると生き生きするにんげんがな。あんたもそういう種族なんや。そういう連中が、人類を護っとるってことや。アホな連中からな。だから、あんたはわいの友だち、ってことや』

　そういうと、そのひとは、わたしの手を握りました。

『ハロー&グッバイ、マイ・フレンドや』

　気がつくと、もうそのひとの姿はなく、わたしの手に、キャラメルの箱が一つ、残っていただけでした。

　あの日から、七十年以上たちました。わたしは、それから、なん度も、ひとりで大英博物館の図書室に通いましたが、あのひとに会うことは二度とありませんでした。ときどき、ほんとうにときどき、図書室の奥で、森のような場所に迷いこむことはあったのですけれどね。その図書室の森の中で、あのひとではないけれど、わたしと同じように、あのひとからキャラメルの箱をもらった日本人に会いました。そのひとも、キャラメルの箱のもち主を探しているようでした。もちろん、わたしたちは友だちになりました。いまでも、いい友だちです。なにしろ、夜中に電話しても、いくらでもはなしてくれる、やさしいひとなんですからね！

ランちゃん、アッちゃん、ユウジシャチョー、リョウマさん。過去も、現在も、おそらく、未来も、世界で不安と混乱はつづくでしょう。その理由の多くは国家という存在に由来するのかもしれません。でも、その事実に目をつぶらず、けれども、現実に流されず、わたしたちはできることをやらなければなりません。遠くから、あなたたちを見守っています。あなたたちの『くに』が、世界に、おおきな意味をもつように、祈っています。

エリザベス二世

（わたしの本名はエリザベス・アレクサンドラ・メアリーです、だから、メアリーさん、って呼んでくださいね）」

エピローグ

ぼくたちの「建国」事件が終わって、すぐあとのことだった。

「帰るときがきました」肝太先生がいった。

「みなさん、ありがとう」理想先生もいった。

「えええっ！　なんで？」

ぼくたちは叫んだ。肝太先生や理想先生はずっと、ぼくたちのところにいると思っていたからだ。

「きみたちばかりを教えているわけにいかないでしょう」肝太先生はいった。

「わたしたちを必要としている子どもたちは、世界中にいるからね」理想先生はいった。

そうかもしれない。肝太先生や理想先生を、ぼくたちだけで独占しているわけにはいかない。いろんなところで、ぼくたちみたいな子どもに、あの楽しいはなしをきかせてあげてほしい。だから、ぼくたちは我慢することにしたんだ。

「じゃあね」肝太先生はいった。

「アウフビーダーゼーエン、これは、ドイツ語でさようなら、って意味です。チュース、でもいいです。これだと、バイバイかな」

「また会えるといいね」理想先生はいった。

「オルヴォワール、ア・ラ・プロシェンヌ。さようなら、また、いつか」

そして、ふたりは、あの山麓寮の「三階」へつづく階段を上り、どこか、ぼくたちの知らないところへ行ってしまったのだった。

ふたりがいなくなって、ぼくたちは初めて、どんなにたいせつなものを失くしたのかに気づいた。もっと、きちんと、ふたりのはなしをきいておけばよかったのに。理想先生が「新しい曲をつくってみたんだけど。ラップなんだよ」っていったとき、放っておかずに、きいてあげればよかった。あんなにきいてほしそうにしていたのに。ぼくたちは、やらなきゃいけないことがいっぱいあって、無視してしまったんだ。後悔先に立たずだよね。

でも、ふたりがいなくなったさびしさに、すぐにぼくたちは慣れた。それは、じつはもっとさびしいことなのかもしれなかったけれど。


ぼくは、図書室で本を読んでいた。『戦争中の暮しの記録』っていう本だ。「くに」はもうつくった。もちろん、「くに」のお仕事は終わってはいない。でも、なにか新しいプロジェクトもやってみたいな。そう思った。だから、アッちゃんと相談して、なにをやったらいいのか考えていたんだ。その本には、ぼくの知らないことがたくさん書いてあった。よく考えてみたら、どの本にもだけれど。

そのときだった。音がきこえた。ドアが開く音が。

「アッちゃん！」

ぼくは思わず叫んだ。

「三階のドアが開いたよ！」

「確かに！」

図書室には、たぶん、十人ぐらい子どもがいたんじゃないかと思う。ぼくたちは全員、息をつめて階段をみつめていた。

そしたら、足がみえた。次に胴体。最後に顔が。それは、ほとんど裸に近い格好の、歳とった男のひとだった。ええええええっ！

「サルウェー。ラテン語で、こんにちは、ってことや。わいのことは、なんとでも好きなように呼べばいいんとちゃうか。まあ、クマちゃんでええわ。それにしてもやな、こんな天気のええ日に、なんで外へでえへんねん。本を読むのもけっこうやけど、お日さまの下で、昆虫や植物を集めてみたら、どうやねん。こんなに自然が豊かなところやのに、もったいないと思わへんのか？」

みんなびっくりしていた。でも、ぼくのびっくりとは意味がちがうと思う。ぼくは、「クマちゃん」に近づくと、ちいさな声でいった。

「こんな昼にでてきて大丈夫なんですか？」

「なんや、わいのことを幽霊と勘違いしてるんとちゃうか？　アホやなあ。わいは博物学者やで、昼間のほうが得意に決まっとるやろ」

そして、ぼくは、「クマちゃん」のうしろに、もうひとり、知らないひとが立っていることに気づいた。それは、髪の毛がもじゃもじゃの外国のひとだった。

「紹介するわ」

「クマちゃん」がいった。

「わいの友だちや。大英博物館の図書室で、いつもふたりでしゃべっとった。おまえたち、『くに』をつくったんやってなあ。こいつ、経済学が得意やから、役に立つと思うで」

その、髪の毛がもじゃもじゃで、よくみると、髪の毛だけじゃなく、ひげももじゃもじゃの男のひとは、こういったのだった。

「グーテンモルゲン。これ、ドイツ語で、おはよう、って意味だよ。でも、きみたちはもう知ってるよね。肝太先生がいたみたいだからね。ぼくのことは、そうだなあ、『マルちゃん』とでも呼んでね。じゃあ、はじめようか」

そうやって、また、なにかがはじまった。そのことについては、いつか、書くことにしよう。

だれかが、あわてて図書室から走りでた。きっと、ハラさんのところに報告にいくんだろう。

でも、また、イギリスのお友だちとはなし中なんじゃないか、って、ぼくは思うんだ。

あとがき――「君たち」から「ぼくたち」へ

宮崎駿（はやお）監督が新作アニメのタイトルを『君たちはどう生きるか』にした、とはじめてきいたときには、驚きました。それから、『君たちはどう生きるか』を原作とするマンガが、爆発的に売れている、ときいたときにも。ほんとうに。だって、『ぼくたちはこの国をこんなふうに愛することに決めた』は、二一世紀版の『君たちはどう生きるか』を目指して書かれたものだったからでした。

吉野源三郎（名前だけなら、「源一郎」の弟みたいですよね）の『君たちはどう生きるか』（岩波文庫）は、大好きな本でした。

岩波文庫は、本の種類を色でわけています。『君たち』が属しているのは、「青」です。「黄」が日本文学（古典）。「緑」が日本文学（近代・現代）。「赤」が外国文学。「白」が法律や政治・経済・社会。そして、「青」は、それ以外の、思想・宗教・哲学・歴史・自然科学や美術などというわけです。

確かに、『君たち』は、コペル君という少年に叔父さんが社会科学的知識を教えてゆくものです。でも、それ以上に、『君たち』は、立派で素敵な小説でした。そこでは、コペル君と彼の友だちや家族の暮らしが、前（さき）の戦争へと向かう日本を背景にして、ほんとうに生き生きと描かれていたのです。

だから、『君たち』は、なにより「緑」に属しているんじゃないだろうか。いや、「黄」でもいいかも。いやいや、「白」にしたって、間違いとはいえないかも。でも、わたしは、やっぱり、『君たち』は小説（あるいは文学）だと思っています。

小説（あるいは文学）にしては、ちょっと説明が多すぎないか。ちょっと社会科学的な部分が目ざわりじゃないか。そう思ってしまうのは、小説（あるいは文学）というものが、だんだん狭く、ちいさいものになってきたからなのかもしれません。

子どもたちを教育することの本質に挑んだルソーの『エミール』（これも、子どもたちが主人公です！）は、岩波文庫では「青」に属しています。でも、これもまた、ほんとうに美しい小説なのでした。そして、政治や社会思想に巨大な貢献をしたルソーは、じつは、近代文学の創始者のひとりでもあったのです。

どんなジャンルのものも、とりわけ、「遅れてきたもの」は、それが生まれたときには、あやしい存在でした。ジャズも小説も映画も、そう、それからマンガやアニメだって、由緒正しい生まれではありませんでした。なんだか、いつの間にか生まれてしまった、父も母もはっきりしない子ども。「庶子」。みんなにバカにされ、あんなものに近づくな、といわれる存在。だからこそ、他の立派な連中より、ずっと自由に、好き勝手なことをしていられたのです。最初のうちは、ですが。

やがて、ときがたち、ジャズや小説や映画やマンガやアニメが、学校で教えられるようになるなんて、その誕生に立ち会った人たちは想像もできなかったでしょう。確かに、彼らは、社会に受けいれられる存在になりました。よかった、よかった。でも、そのことで失ったことも多かったように思います。

『君たち』は、困難な時代に書かれました。意見や思いを直接書くことができない時代だったからこそ、物語の形をとらざるを得なかったようにも思えます。でも、その結果、『君たち』は、小説が生まれた頃にもっていた豊かな形をとることができたのです。

いつしか、わたしもまた、『君たち』のような「小説」を、小説がかつてもっていたような、乱暴さや屈託のなさや自由さをもった、ひとことでいうなら、子どもっぽさをもったものを書きたいと思うようになりました。それは、もしかしたら、現在が、吉野源三郎が立ち会った時代に、似てきているような気がしたからなのかもしれません。

『ぼくたち』を書き終わったあと、久しぶりに、『君たち』を読み返してみて、驚いたことがあります。わたしが考えていたよりもずっと、『ぼくたち』は『君たち』に似ていることでした。それがどこなのか……これを読まれたみなさんに考えていただけるとうれしいです。

二〇一七年一一月

高橋源一郎

参考文献

アメリカンセンターJAPAN「独立宣言（1776年）」（https://americancenterjapan.com/aboutusa/translations/2547/）
御徒町凧『砂の言葉』二〇一六年
岸大武郎『てんぎゃん　南方熊楠伝　第一章』集英社ジャンプ・コミックス デラックス、一九九一年
神坂次郎『縛られた巨人　南方熊楠の生涯』新潮文庫、一九九一年
鶴見和子『南方熊楠　地球志向の比較学』講談社学術文庫、一九八一年
水木しげる『猫楠　南方熊楠の生涯』角川文庫ソフィア、一九九六年
吉田　稔「エクアドル共和国憲法（2008年）　解説と翻訳」『姫路法学　第54号』姫路獨協大学法学部、二〇一三年

※本書は、「すばる」（集英社）内の連載「ぼくたちはこの国をこんなふうに愛することに決めた」（二〇一六年八月号～一一月号、二〇一七年一月号～六月号）をもとに加筆・修正したものです。

図版作成／株式会社ウエイド

JASRAC　出1714101-702

高橋源一郎（たかはし げんいちろう）

小説家。一九五一年生まれ。八一年、『さようなら、ギャングたち』で第四回群像新人長篇小説賞優秀作を受賞しデビュー。八八年、『優雅で感傷的な日本野球』で第一回三島由紀夫賞、二〇〇二年、『日本文学盛衰史』で第一三回伊藤整文学賞、一二年、『さよならクリストファー・ロビン』で第四八回谷崎潤一郎賞を受賞。著書に『一億三千万人のための小説教室』『ニッポンの小説──百年の孤独』『ぼくらの民主主義なんだぜ』他多数。

集英社新書〇九一二B

ぼくたちはこの国をこんなふうに愛することに決めた

二〇一七年一二月二〇日 第一刷発行
二〇一八年 一 月二〇日 第二刷発行

著者……高橋源一郎

発行者……茨木政彦

発行所……株式会社集英社
東京都千代田区一ツ橋二-五-一〇 郵便番号一〇一-八〇五〇
電話 〇三-三二三〇-六三九一（編集部）
〇三-三二三〇-六〇八〇（読者係）
〇三-三二三〇-六三九三（販売部）書店専用

装幀……原 研哉

印刷所……大日本印刷株式会社 凸版印刷株式会社

製本所……加藤製本株式会社

定価はカバーに表示してあります。

ISBN 978-4-08-721012-5 C0236
Printed in Japan

集英社新書　好評既刊

社会——B

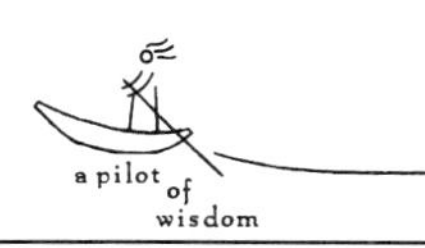

- 100年後の人々へ　小出裕章
- リニア新幹線 巨大プロジェクトの「真実」　橋山禮治郎
- 人間って何ですか？　夢枕獏 ほか
- 東アジアの危機「本と新聞の大学」講義録　一色清 姜尚中 ほか
- 不敵のジャーナリスト 筑紫哲也の流儀と思想　佐高信
- 騒乱、混乱、波乱！ ありえない中国　小林史憲
- なぜか結果を出す人の理由　野村克也
- イスラム戦争 中東崩壊と欧米の敗北　内藤正典
- 刑務所改革 社会的コストの視点から　沢登文治
- 沖縄の米軍基地「県外移設」を考える　高橋哲哉
- 日本の大問題「10年後を考える」――「本と新聞の大学」講義録　一色清 姜尚中 ほか
- 原発訴訟が社会を変える　河合弘之
- 奇跡の村 地方は「人」で再生する　相川俊英
- 日本の犬猫は幸せか 動物保護施設アークの25年　エリザベス・オリバー
- おとなの始末　落合恵子
- 性のタブーのない日本　橋本治
- ジャーナリストはなぜ「戦場」へ行くのか――取材現場からの自己検証　危険地報道を考えるジャーナリストの会・編

- 医療再生 日本とアメリカの現場から　大木隆生
- ブームをつくる 人がみずから動く仕組み　殿村美樹
- 「18歳選挙権」で社会はどう変わるか　林大介
- 3・11後の叛乱 反原連・しばき隊・SEALDs　笠井潔 野間易通
- 「戦後80年」はあるのか――「本と新聞の大学」講義録　一色清 姜尚中 ほか
- 非モテの品格 男にとって「弱さ」とは何か　杉田俊介
- 「イスラム国」はテロの元凶ではない グローバル・ジハードという幻想　川上泰徳
- 日本人 失格　田村淳
- たとえ世界が終わっても その先の日本を生きる君たちへ　橋本治
- あなたの隣の放射能汚染ゴミ　まさのあつこ
- マンションは日本人を幸せにするか　榊淳司
- 人間の居場所　田原牧
- いとも優雅な意地悪の教本　橋本治
- 世界のタブー　阿門禮
- 明治維新150年を考える――「本と新聞の大学」講義録　一色清 姜尚中 ほか
- 「富士そば」は、なぜアルバイトにボーナスを出すのか　丹道夫
- 男と女の理不尽な愉しみ　林真理子 壇蜜

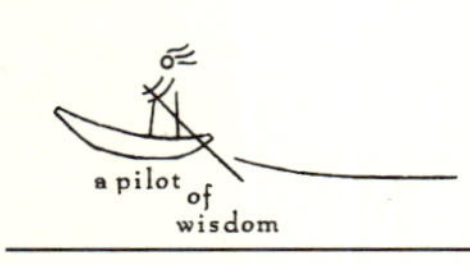

集英社新書　好評既刊

「本当の大人」になるための心理学 心理療法家が説く心の成熟
諸富祥彦　0901-E
成長・成熟した大人として、悔いなく人生中盤以降を生きたいと願う人に理路と方法を説いたガイドブック。

世界のタブー
阿門 禮　0902-B
日常生活、しぐさ、性、食事……世界中のタブーについて学び、異文化への理解と新たな教養がつく一冊！

人間の値打ち
鎌田 實　0903-I
人間の値打ちを決める七つの「カタマリ」を提示し、混迷の時代の〝人間〟の在り方を根底から問い直す。

物語 ウェールズ抗戦史 ケルトの民とアーサー王伝説
桜井俊彰　0904-D
救世主「アーサー王」の再来を信じ、一五〇〇年も強大な敵に抗い続けたウェールズの誇りと苦難の物語。

ゾーンの入り方
室伏広治　0905-C
ハンマー投げ選手として活躍した著者が語る、スポーツ、仕事、人生に役立ち、結果を出せる究極の集中法！

明治維新150年を考える ――「本と新聞の大学」講義録
モデレーター　一色 清／姜尚中
赤坂憲雄／石川健治／井手英策／澤地久枝／高橋源一郎／行定 勲　0906-B
明治維新から一五〇年、この国を呪縛してきたものの正体を論客たちが明らかにする、連続講座第五弾。

勝てる脳、負ける脳 一流アスリートの脳内で起きていること
内田 暁／小林耕太　0907-H
一流選手たちの証言と、神経行動学の最新知見から、アスリートの脳と肉体のメカニズムを解明する！

「富士そば」は、なぜアルバイトにボーナスを出すのか
丹 道夫　0908-B
企業が利益追求に走りブラック化する中、従業員を大切にする「富士そば」が成長し続ける理由が明らかに。

男と女の理不尽な愉しみ
林 真理子／壇 蜜　0909-B
世に溢れる男女の問題を、恋愛を知り尽くした作家とタレントが徹底討論し、世知辛い日本を喝破する！